KB266484

하다하다 인생에도 클레임이 걸렸습니다.

박혜림(그레이숲풀) 지음

목 차

나는 나의 가장 까다로운 고객이었다

10년 가까이 품질 담당자로 지내면서 많은 클레임을 접했습니다. "펌프에서 내용물이 샌다.", "색상에 문제가 있다.", "이물질이 들어있다." 등등… 매일같이 쏟아지는 타인의 불만을 처리하는 것이 저의 일이었습니다. 늘 욕먹는 게 일상이었고 그 일이 죽도록 싫었습니다. 하지만 그럼에도 불구하고 저는 정말 열심히 했었죠.

그러는 사이, 저는 어느새 매일 밤 악몽을 꾸고 있었고, 위장은 꼬였으며, 숨은 턱 밑까지 차오르는 경험을 하게 됩니다. 실무 현장의 불만(클레임)을 잠재우느라 정작 무너져 내리는 내 삶은 돌보지 못한 것이죠. **내**

인생에서 가장 어렵고 까다로운 고객인 '나'의 클레임을 철저히 외면했던 것입니다.

내 마음이 보내는 수만 통의 불만 접수 메일과 전화를, '무의식'이라는 휴지통에 버리고 회피하고 살았습니다. 그러던 어느 날, 더 이상 물러설 곳 없는 벼랑 끝에 다다랐고, 그제서야 결심했습니다.

'하다하다 인생에도 클레임이 걸렸구나. 그래, 그렇다면 평생 해온 이 지긋지긋한 매뉴얼대로 나를 한번 개선해 보자.'

이 책은 완벽한 치유의 기록이 아닙니다. 9년 차 품질 담당자 출신의 심리 강사가 자신의 고장 난 마음을 수리하기 위해 필사적으로 써 내려간 '마음 품질관리 매뉴얼'입니다.

만약 당신의 마음에도 지금 감당 못 할 클레임이 들어왔다면, 잠시 저의 매뉴얼을 빌려 가시겠습니까?

8

1장

우울증 극복의 키가 된
클레임 처리 경험

언제부터 그랬는지도 모르겠습니다. 목까지 음식이 찼는데도 배가 부른 줄 모르고 음식을 먹고 있고, 시도 때도 없이 몸을 긁으며 괴로워하던 날들이 늘어만 가고, 밤이 되면 잠들지 못하거나 악몽을 꾸며 1시간마다 깨어나기 일쑤였죠. 그뿐일까요? 딱히 이상하다 싶은 음식을 먹은 것도 아닌데, 위가 꼬이는 고통으로 일에 집중하기 힘들 정도의 괴로움을 느끼는 날이 있는 가 하면, 장염에 걸려 구토와 설사가 반복되어 고통스 러워하는 날도 허다했습니다.

어느 날은 고통스러워하는 내 마음을 알아채기라도 한 듯 동료가 무슨 일이냐고 묻기에, "어떻게 알았어요?”라고 물었더니 ‘한숨을 그렇게 쉬는데 어떻게 모르냐’는 대답을 듣기도 했습니다. 그 사실을 인지한 후로는 조심하려 애썼지만 한숨은 더 늘어날 뿐이었습니다.

짜증도 늘어났습니다. 별것 아닌 일에도 신경질이 났고 심지어는 TV 막장 드라마를 보면서 개념 없는 주인공의 모습에 정말 진심을 다해 화내는, 이해할 수 없는 저의 모습을 마주한 적도 있었습니다.

그런 분노와 짜증이 가득한 시기가 지나자 이제는 무기력해져 방에 틀어박혀 있는 시간이 많아졌습니다. 부정적인 생각은 기본이고 이유 없는 복통, 소양감, 불면증, 폭식, 분노, 무기력, 불안감, 극심한 두통, 심박수 증가와 호흡곤란 등 다 적을 수도 없는 수많은 증상으로 업무능력과 자존감이 현저히 저하되며 삶의 의지마저 잃어버리고 말았었죠.

삶에서 발생하는 문제만으로도 버겁고 이미 모든 능력은 바닥이었는데, 업무를 하며 늘 클레임을 맞이해야 하는 상황은 너무도 고통이었습니다. 화장품 품질 담당자로 9년 차 경력을 가지고 있으니 불러주는 곳도 있었지만, 바로 그 클레임이 두려워 퇴사 한 달이 지나도록 재취업을 못 하고 있었습니다.

물론, '클레임을 제외한 업무나 새로운 일은 그럼 자신이 있느냐?' 하면 그 역시 아니었습니다. 무의미한 시간이 계속되며 '왜, 무엇이, 어떻게 나를 이렇게 만들었지?'라는 생각을 매일 하였습니다.

어느 날 문득, 이 질문은 늘 제가 클레임을 처리할 때 해왔던 질문이라는 것을 알게 되었습니다. 그토록 피하려 했던 클레임 처리 방법이 곧 '내 인생을 바꿔줄 키'가 된 것입니다. 그렇게 저는 **하다하다 스스로 제 인생에 클레임을 걸어버리고 처리해 보기로 합니다.**

효과는 놀라웠습니다. 대부분의 고통스러운 신체적, 정신적 증상들은 모두 사라졌고 아무것도 못 할 것 같았던 제가, 지금 힘들어하는 사람들이 저의 과거처럼 너무 힘들게 헤매지 않았으면 하는 마음이 가득해졌

고 각자 자신의 방법을 찾는데 도움을 드리고 싶다는
생각만이 가득하게 되었습니다.

1.

인생에도
매뉴얼이 필요하다

1) 현존하는 방법만으로 효과를 보지 못하는 이유

'나는 할 수 있는 사람, 소중한 사람'임을 인지하고 늘 확언하세요'

'나를 지지하는 소중한 사람들을 옆에 두세요'

'운동하고 좋은 음식을 먹으며 균형 있는 생활을 하세요'

'긍정적으로 생각하고 칭찬과 감사 일기를 쓰세요'

'취미와 꿈을 가지세요. 저절로 행복해집니다.'

네, 모두 맞습니다. 그러나 모두 틀렸습니다.

심각한 번아웃 증후군이나 우울증인 경우 단순히 의지만으로 해결되지 않습니다. 특히 비관주의, 완벽주의,

학습된 무기력이 습관화된 경우, 이러한 문장을 보고도 시도하기 어렵고, 시도를 하더라도 이내 금세 포기하고 맙니다.

시도 자체를 하지 못하든 시도 후 포기를 하든 결국 해내지 못하는 자신을 질책하며 더 깊은 우울감에 빠지는 악순환이 될 수도 있는 것이죠.

너무 고통스러워 정신과에 방문했던 저 역시, 앞서 언급한 것과 유사한 솔루션(확언, 운동, 감사 일기 등)도 제공받았습니다. 그러나 아무런 기력이 없던 저에게 의사 선생님께서 '저도 일이 9시에 끝나는데 헬스장을 다녀와서 간단히 샐러드를 먹습니다.'라는 말씀은 도움이 되지 않더군요.

마치 심한 독감으로 겨우 숨 쉬고 있는 자에게 밥 좀 먹고 밖에 나가 달리기도 좀 하라는 말과 같았습니다. 더 좌절감을 느낀 것이죠.

이후 조금씩 할 수 있는 방법을 터득하며 겨우 고통을 잠재우고 행복보다는 덜 불행한 나날들을 보내고 있을 때였습니다. 특정 상황에 놓이자 증상들은 재발했고 처음보다 더 충격적이었습니다. 그 끔찍한 고통을 또 느껴야 한다는 것은 너무나도 가혹하게 다가왔습니다. 만약 지금처럼 저만의 매뉴얼을 두고 **근본 원인을 알고 치유**했다면 어땠을까요?

후회 대신 앞으로는 그러하지 않도록, 그리고 같은 고민을 하는 분들께도 최소한의 시행착오로 극복하실 수 있도록 돕고자 이렇게 글을 쓰게 되었습니다.

2) 사내 매뉴얼이 존재하는 이유

매뉴얼 없이도 어떤 회사는 잘 돌아갑니다. 그러나 회사 규모가 커질수록 탄탄한 운영을 하는 것은 점점 불가능에 가까워질 것입니다. 매뉴얼 존재의 목적은 업무 방식을 규정, 불필요한 시간 소모를 줄여 성과와 효율을 극대화하는 것에 있습니다. '클레임 처리 매뉴얼'의 경우 이와 함께 손해의 최소화에도 한몫합니다.

실제로 저는 과거에 덩치만 급격히 커진, 주먹구구로 일하는 회사에 입사한 후 체계화하는 과정에서 유관 부서와 크고 작은 트러블도 겪었지만, 결국 그 문서들과 방법 덕분에 재작업 건이 크게 줄어들면서 시간당 생산량이 약 20% 이상 증가하는 가시적인 효과를 얻을 수 있었습니다.

우리 인생도 마찬가지입니다. **증상이 발생할 때마다 마냥 쉬기만 하고, 약만 먹고, 간호만 받아서는 우리는 결코 그 증상들과 헤어질 수가 없을 것입니다.**

따라서 내 무의식과의 소통에 있어 불필요한 시간 소모를 줄여 심신의 고통이라는 손해의 최소화를 위해 매뉴얼을 머릿속에라도 만들어 두어야 하는 것입니다.

3) '마음 품질관리 매뉴얼'의 기대효과

어릴 때부터 장염과 거의 친구처럼 지냈었습니다. 그래서 이제는 구토, 설사, 고열 등이 아니어도 약간의 무력감, 묘하게 불편한 배앓이, 아주 약한 오심 증상만으로도 장염 초기 증상임을 바로 알아채고 조치를 취합니다. 그리고 찬 음식 연속 섭취, 심하게 매운 음식 섭취, 바이러스 보유 음식 섭취 등 원인이 될 만한 것들을 떠올리며 동일한 행위를 하지 않도록 다짐합니다.

만약 그럼에도 또 같은 증상이 나타난다면 장에 유익한 음식이나 유산균을 섭취하여 건강하게 만들어주죠. 이 경우 건강해진 장 덕분에 다이어트와 우울감 해소에 효과를 보기도 합니다.

비단 신체 건강뿐 아니라, 정서적, 심리적인 문제로 늘 겪는 증상들 역시 **제대로 인지하고 관련된 원인들을 순차적으로 밝힌 후** 적절한 해결법들을 적용시키다 보면 드디어 **내게 맞는 해법을 찾는 날**이 오게 됩니다.

예를 들어 우울증이 개선되자 대인공포증과 완벽주의 성향도 개선되는 결과를 경험할 수도 있는 것처럼,

그 과정은 부수적인 효과를 경험할 수도 있게 합니다.

　너무 당연한 듯한 과정이지만, 의외로 모르거나 알아도 다양한 이유로 못하는 사람들이 더 많다는 것은 누구나 아실 겁니다.

　저 또한 되는 부분이 있고 그렇지 못한 부분이 있습니다. 그러나 내 삶을 현저하게 망치는 부분만큼은 결코 방치하면 안 된다는 생각에 저는 그 부분만큼은 꼭 이러한 방법을 적용, 매일매일 나아지고 있습니다. 또한 안된다고 멈추는 것이 아니라 그럼에도 지속하여 노력하면, 결국은 좋아져 있는 것이 보이더군요. 어제, 한 달 전의 나와는 변한 것이 없거나 더 퇴보한 것 같지만 결국 1년, 5년, 10년 전의 나와는 달라진, 성장한 나를 확인할 수 있었습니다.

2.
우울은 인생에
접수된 클레임이다

회사에서 일반적으로 처리하는 고객 클레임을 설명해 보자면 이렇습니다.

클레임 발생 - 현상 파악 - 직/간접 원인 분석 - 개선활동 - 근본 원인 분석 - 재발 방지 대책 마련 - 불만처리 보고서 작성 및 종료 처리 - 분석 및 관리 지표 설정

<표1. 일반적인 고객 클레임 처리 방법 예시>

순서	내용
클레임 발생	'화장품 내용물이 새어 나와요!'라는 고객 불만 접수
현상파악	내용물 누액 확인
직접적인 원인 분석	펌프를 열어 토출구 (=내용물이 나오는 부분) 파손 확인
간접적인 원인 분석	원자재 자체 or 조립 중 or 물류 이동 중 파손 여부 확인 → 조립 중 파손으로 확인 완료
개선활동	조립 강도를 조정, 문제없는 상품 제작
근본 원인 분석	원자재 자체가 약하여 조립 중 파손 or 강한 조립 여부 확인 →강한 조립에 의한 파손으로 확인 완료
재발 방지 대책 마련	조립 강도를 지정한 표준서 제정, 추후 기준 준수로 재발 방지
불만 처리 보고서 작성 및 종료 처리	처리 내용 보고서 작성, 종료 처리
분석 및 관리 지표 설정	클레임 발생 및 처리 이력으로 관리 지표 설정, 다음 사업계획 설정

이를 인생에 대입해 보면, '불편하고 아프다.'라는 인식을 이미 했기에 이를 클레임이 발생한 것으로 보고 다음 단계인 현상 파악 단계에 들어갑니다.

1) 나를 힘들게 하는 증상들

클레임 발생 -현상 파악- 직/간접 원인 분석 - 개선활동 - 근본 원인 분석 - 재발 방지 대책 마련 - 불만 처리 보고서 작성 및 종료 처리 - 분석 및 관리 지표 설정

클레임 현상 파악은 곧 증상 파악에 해당됩니다. 이제 **나를 괴롭게 하는 신체적, 심리적 증상들을 모두 나열**해봅니다.

제 이야기로 예시를 들면 먼저 신체적 증상은 과한 식욕과 폭식, 피부 소양감, 소화불량과 위 꼬임 증상, 불면증, 극심한 두통, 심박수 증가와 호흡곤란이 있었습니다.

심리적 증상으로는 잦아진 한숨, 짜증, 분노, 자주 터지는 눈물, 무기력, 부정적인 사고, 각종 능력(기억력, 인지능력, 사고력, 논리력, 판단력, 창의력, 문제해결 능력 등)의 저하, 불안감, 낮은 자존감과 자기 혐오·비하, 생의 마감에 대한 생각 등이 있었습니다.

몇 가지만 보다 자세히 설명해 보자면, 먼저 피부 소양감이 있는데요. 학창시절부터 약한 아토피를 앓았기에 재발한 줄로만 알고 피부과를 다녔지만 검사에서는 늘 이상이 없었습니다. 그럼에도 매일 온몸이 붉어지도록 긁었고 너무 가려워서 잠에 들지 못하는 날도 있었습니다.

각종 능력 저하로 대화에 문제가 있었던 적도 있는데요. 친구와의 대화 중 원래 하려던 말의 주제와 목적을 잊고 결론짓지 못하거나, 친구의 이야기가 분명 들리고 이 대답을 해서는 안 되는 것 같다는 느낌은 있는데 나도 이해되지 않는 다른 이야기를 하고 있었던 적도 있었습니다.

그런 불편함들은 자연히 자기혐오와 비하로 이어졌고, 정말 안타깝게도 어느새 검색창에 '고통 없이 생을 정리하는 방법.'을 검색하다 잠드는 삶을 만들게 되었습니다.

물론 꼭 이렇게 심각한 듯한 증상만을 적는 것은 아닙니다. 예전과는 다르게 '머리카락이 한 움큼씩 빠진다' 혹은 '짜증이 늘었다'와 같이 불편하게 만드는 증상을 전부 적어보는 것이 좋습니다.

2) 증상 유발의 대상

클레임 발생 - 현상 파악 - 직/간접 원인 분석 - 개선활동 - 근본 원인 분석 - 재발 방지 대책 마련 - 불만처리 보고서 작성 및 종료 처리 - 분석 및 관리 지표 설정

이제 그 증상들의 직접적인 원인을 확인할 차례입니다. 증상들을 검색해 보면 몇 가지 **예상되는 증후군 또는 질환**을 알게 됩니다. 그럼 이제 **자가진단표를 이용하여 판단**해 볼 수 있는데요.

국가정신건강정보포털
> 질환별 자가검진

정신건강 통합 플랫폼 블루터치
> 자기관리 프로그램

국가정신건강정보포털
> 번아웃 정보

가장 정확한 것은 정신과 방문이지만 너무 부담되거나 아직 그럴 단계는 아니라는 생각인 경우 참고 수단으로 하시기를 권장 드립니다.

저의 경우 안내해 드린 사이트를 알기 전에 했던 테스트라서 조금 다르긴 하지만 우울증과 번아웃 자가진단을 했던 표를 보여드릴게요.

최근 2주 동안 다음의 항목에 대해 얼마나 자주 겪는가? -없으면 0점, 3~4일은 1점, 8~10일은 2점, 12~14일은 3점		
NO.	증상	점수
1번	무슨 일을 하는데 흥미나 재미를 거의 느끼지 못한다.	3
2번	기분이 처지거나, 우울하거나, 희망이 없다고 느낀다.	3
3번	잠들기 어렵거나, 자주 깨거나, 혹은 너무 많이 잔다.	3
4번	피곤하다고 느끼거나 기운이 거의 없다.	3
5번	식욕이 거의 없거나, 아니면 너무 많이 먹는다.	3

6번	나 자신이 싫거나, 자신을 실패자라고 여긴다.	3
7번	어떤 일에(신문 읽기, TV보기 등) 집중하기 어렵다.	3
8번	움직임이나 말이 너무 느려 남들이 알아차릴 정도이다. 아니면 안절부절 못하거나 가만히 있지 못하고 많이 돌아다닌다.	3
9번	차라리 죽었으면 더 낫겠다는 생각을 하거나, 어떻게 해서든지 자해를 하려고 생각한다.	3
총합		27

전혀 아니다(1점) | 약간 그렇다(2점) | 보통 그렇다(3점) | 많이 그렇다(4점) | 아주 그렇다(5점)		
NO.	증상	점수
1번	쉽게 피로를 느낀다.	5
2번	하루가 끝나면 녹초가 된다.	5
3번	아파 보인다라는 말을 자주 듣는다.	3
4번	일이 재미없다.	5
5번	점점 냉소적으로 변하고 있다.	5
6번	이유 없이 슬프다.	5
7번	물건을 잘 잃어버린다.	3
8번	짜증이 늘었다.	5

9번	화를 참을 수 없다.	5
10번	주변 사람들에게 실망감을 느낀다.	4
11번	혼자 지내는 시간이 많아졌다.	5
12번	여가 생활을 즐기지 못한다.	5
13번	만성 피로, 두통, 소화 불량이 늘었다.	5
14번	자주 한계를 느낀다.	5
15번	대체로 모든 일에 의욕이 없다.	5
16번	유머 감각이 사라졌다.	5
17번	주변 사람들과 대화를 나누는 게 힘들게 느껴진다.	5
총합		80

　대한정신건강의학회에서 만든 진단표에 따르면 10점 이상일 경우 우울증으로 진단되는데 저는 위 표에서 보이는 바와 같이 27점이 나왔습니다. 번아웃 증후군의 경우 안전관리공단에서 만든 진단표를 이용했는데요. 65점 이상일 경우 번아웃 증후군으로 진단되는데 저는 위 표에서 보이는 바와 같이 80점이 나왔습니다.

　이로써 번아웃 증후군과 우울증이 제 증상들의 직접적인 원인임이 확실한 것을 알 수 있습니다.

마음 품질관리 매뉴얼

인생 클레임 처리 매뉴얼

문서번호 : LCR-2022-001

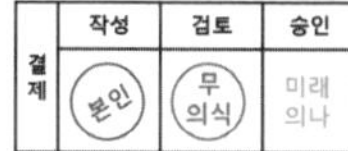

1. 클레임 발생 현황	
현상 파악	현재 나를 괴롭게 하는 신체적, 심리적 증상을 나열해보아요. (ex. 폭식, 불면증, 무기력)
직접적 원인	우울증 점수 : ________점 / 번아웃 점수 : ________점

2. 원인 분석	
간접적 원인	현재 숨을 쉴 수 없게 만드는 즉각적인 환경적 요인은 무엇일까요? (ex. 가스라이팅, 금전적 문제)
근본적 원인	어린 시절부터 형성된 나의 성향이나 결핍 욕구가 있다면요? (ex. 착한아이 콤플렉스, 인정욕구)

3. 개선 조치 및 재발 방지	
1차 개선활동	당장 숨을 쉬기 위해 거리를 두거나 멈춰야 할 행동이 있다면 무엇일까요?
하찮은 성취감 계획	너무 하찮아서 실패하기 어려운 오늘의 작은 미션을 설정해보아요. (ex. 기지개 켜기, 서랍 한 칸 정리)
2차 개선활동	흥미로운 성취감 계획을 하거나, 나를 있는 그대로 지지해 줄 사람이나 환경을 찾는다면요? (ex. 네잎클로버 찾기, 원데이 클래스, 지지 모임 참여, 전문가 상담)
재발 방지 대책	무의식 또는 뿌리 깊은 정서심리적 특징은 무엇이며, 어떻게 개선하면 좋을까요? (ex. 부캐 줄이기, 완벽주의 탈피 연습하기, 즐거움 찾기, 자기수용 연습하기)
향후 관리 지표	핵심 키워드 : (ex. 자존감, 자기수용)

- 본 매뉴얼은 여러분의 '마음 품질관리 매뉴얼' 작성을 위한 기초 자료로 사용됩니다.
- 주의 : 짐을 내려놓는 것은 포기가 아니라, 더 큰 에너지를 얻기 위한 전략적 휴식/과정입니다.

3) 일단 숨부터 쉬고 보자

클레임 발생 - 현상 파악 - 직/간접 원인 분석 - 개선활동 - 근본 원인 분석 - 재발 방지 대책 마련 - 불만처리 보고서 작성 및 종료 처리 - 분석 및 관리 지표 설정

클레임 현상의 직접적인 원인, 즉 나를 괴롭게 하는 증상이 어떤 증후군 또는 질환 때문임을 알았으니 이제 그 증후군/증상들은 또 어떤 원인으로 발생한 것인지를 확인할 차례인데요.

본래 해결의 정석은 원인을 제대로 알아야 그 대책을 올바르게 세워 진정한 개선이 이루어지는 것입니다만, 우리 마음의 클레임은 약간 다르게 볼 필요가 있습니다.

회사 클레임이라면 문제 발생 주체(제품)와 해결 주체(담당자)가 다른 반면, 우리는 심각한 증상을 겪는 주체(나)와 해결 주체(나)가 같다는 특징이 있습니다. 그렇기 때문에 분석 자체가 힘겨운 증상들을 겪고 있

다면 일단 숨부터 쉬고 보는 것이 우선일 수 있습니다.

따라서 **모든 간접적인 원인을 파악하기 이전이라도 때에 따라 개선 활동을 즉시 시작하는 것도 필요**한데요. 제 경험을 예시로 설명해 드리겠습니다.

과거 한 시점에서의 저는 인간 관계에서 동시다발적인 좌절을 경험하게 됩니다. 저를 오해하고 퇴사한 신입, 저를 쉽게 보고 제 앞에서만 개념 없는 언행을 하고 사내 다른 누구에게도 절대 그렇게 하지 않는 후배, 이간질하고 뒤통수 친 아끼던 후배까지 있었는데요. 그러한 상황이나 사실 자체보다도 '최선을 다하고 배려하면 적도 내 편이 될 수 있다'는 신념이 깨진 상태라 꽤나 충격을 받은 상태였습니다.

퇴사 후 마음 정리를 위해 떠난 여행에서는 가족과도 같았던 절친한 친구가 세 번째 배신을 했고 집에서는 가족들이 함께 가게를 운영하며 서로 잦은 다툼을 하며 저만 보면 하소연을 하고 있던 때라 제 마음은 그 어느 곳에서도 쉴 수가 없었습니다.

방황 끝에 이직에 성공했으나, 그 회사에는 온갖 트집을 잡으며 가스라이팅하는 상사가 있었습니다. 번 아웃 증후군인 줄도 모르고 입사했기에 괴롭힘을 당하며 우울증으로 발전했고 의지하던 친구에게 이야기했다가 '너만 힘든 거 아니야'와 같은 이야기를 들으며 점점 마음은 닫히게 되었습니다.

우울증은 점차 심각해졌지만 모든 능력 저하와 자기 비하로 인해 이직은 꿈꿀 수 없었습니다.

하지만 어쩌면 다행히도 저는 너무 겁쟁이라 생을 마감할 용기도 없었기에 '이직 후 무슨 일이 또다시 생긴다 해도 일단은 당장 괴롭히는 상사부터 벗어나자'라면서 스카우트 제의에 응하게 됩니다.

이직 후에도 여전히 업무를 하기에는 불편한 증상들이 남아 있었지만 적어도 당장 극심한 두통, 호흡 곤란, 불면증 등 삶의 질을 아주 현저히 떨어뜨리는 증상만큼은 벗어날 수 있었습니다.

숨을 쉴 수 있게 된 것입니다.

간접적인 원인이 하나라도 밝혀진다면, 그리고 그것이 숨조차 쉴 수 없게 만든다면 **일단 벗어나야 합니다**만, 여러 사정으로 어렵다면 적어도 다음 개선 활동으로 내 마음이 단단해질 때까지 만이라도 **거리를 두시는 것을 적극, 적극, 적극적으로 권장**합니다.

4) 하찮은 성취감, 그리고

클레임 발생 – 현상 파악 – 직/간접 원인 분석 – 개선활동 – 근본 원인 분석 – 재발 방지 대책 마련 – 불만처리 보고서 작성 및 종료 처리 – 분석 및 관리 지표 설정

간접적인 원인분석 덕분에 이를 벗어나는 '1차 개선활동'으로 일단 숨을 쉬게 되었으니 2차 개선활동을 할 차례입니다. 그런데 사실 1차 개선활동에 한 가지 사항이 더 있어서 그에 대해 안내해 드리고 가려고 합니다.

그것은 **바로 질적인 '쉼'**인데요. 번아웃 증후군은 쉼 없이 달리며 마음 에너지가 모두 바닥났음에도 계속 달리게 되어, 위기를 느낀 몸이 강제로 셧다운을 시켜 무기력해진 것과 같습니다. 그래서 마음은 여전히 달려야 한다고 생각하기 때문에 무기력한 자신의 상태를 한심하다고 느끼는 경우가 많아서 마음 편히 쉬지 못하는 것입니다.

이후에 다시 이야기하겠지만 우울증에는 '운동, 균형 있는 생활, 좋은 식습관 등이 도움 된다'라는 사실은 아마 대부분 아실 겁니다. 그렇기 때문에 번아웃 상태에서 이를 해야 한다며 강제로 움직이면서 뭔가 해내지 못하는 나를 답답해하는 것은, 배터리가 1% 남은 휴대폰이 '켜면 바로 꺼진다'라고 화내는 것과 다를 바가 없게 되는 것입니다.

따라서 스스로를 한심하게 생각하기보다는, '나는 그동안 누구보다 열심히 했기에 번아웃을 경험한 멋진 사람이다.'라는 생각으로 질적인 쉼의 시간을 가질 필요가 있습니다. **짐을 내려놓는 것이 곧 포기는 아니라**

는 것을 기억해 주세요.

여기서 '질적인 쉼'이란, 침대에 누워 폰을 보며 시간을 보내는 것이 아닙니다. 심신을 편하게 하여 쉬고, 에너지가 조금 더 생기면 명상이나 오일테라피 등으로 이완을 돕고, 조금 더 충전된다면 바닷가에서 파도 소리를 듣거나 캠핑장에서 불멍을 하는 등으로 확장하며 쉬는 것을 말합니다. 불가능하다면 조용한 여행 영상을 보면서 간접 체험을 하는 것도 효과가 있습니다.

자, 이제 전체적인 그림을 보여드리겠습니다.

사실 지금까지의 이야기들은 굳이 이 책을 보지 않아도 쉽게 알 수 있는 내용들이었습니다. 그렇기 때문에 보여드리는 이 그림이 전체 내용을 아우르고 있음에도 현시점에서 보여드리게 되었는데요.

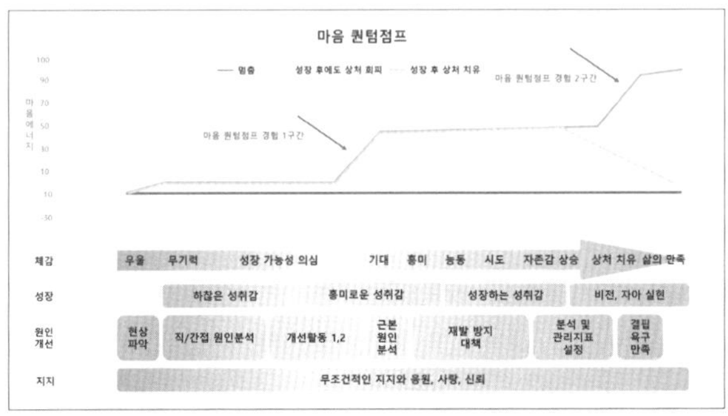

그림은 하찮은 성취감을 시작으로 매뉴얼에 따른 체계적인 방법을 적용, 마음 퀀텀 점프 구간을 두 번 경험하며 마음의 질적 성장을 이루어야 한다고 말합니다.

혹시 다리가 부러진 사람에게 의지를 가지고 걸으라는 말이 정상이라고 생각하시나요? 그들에게는 적절한 치료와 목발이 필요합니다. 그리고 목발을 짚고 오늘은 병실 안, 내일은 병원 복도, 다음 주는 아래층, 다음 달은 병원 밖과 같이 천천히 할 수 있는 것부터 시작해 가야 하는 것입니다.

결코 치료나 목발 없이, 혹은 '치료와 목발을 제공했으니 만 보 씩 걸어!'라고 해서는 안 됩니다.

우울증 역시 정신과 혹은 심리 상담을 통해 적절히 치료받고 지지를 목발 삼아 의지하며 시간을 갖고 천천히, 할 수 있는 것부터 하기 시작해야 합니다. 그렇게 시간이 흘러 **할 수 있음이 체감되어야 능동적으로 행동할 수 있는 것**이죠.

하지만 꽤 많은 분들이 이 부분들을 간과하며 스스로 혹은 주변에서 채찍질을 일삼는 것이 현실입니다. 이 시점에서 '너를 사랑해라. 그만 우울해해라. 좀 움직이고 능동적으로 살아라' 등등의 말만 하는 것은 결코 도움이 되지 않습니다.

● 하찮은 성취감

클레임 발생 – 현상 파악 – 직/간접 원인 분석 – 개선활동 – 근본 원인 분석 – 재발 방지 대책 마련 – 불만처리 보고서 작성 및 종료 처리 – 분석 및 관리 지표 설정

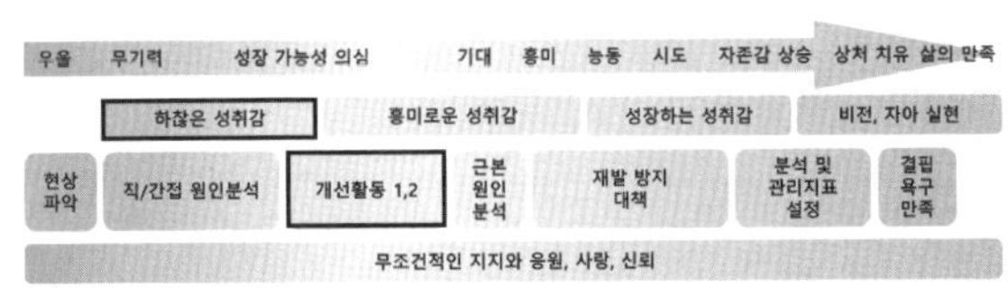

마음 성장의 시작인 하찮은 성취감은 '너무 하찮다고 느낄 정도로 쉽고 결과물이 가시적인 것을 행하며 얻는 성취감'이라 정의할 수 있습니다. 만약 이를 챌린지나 코칭으로 시행한다면 오히려 인증이 더 귀찮을 정도로 하찮게 느껴지는, 그러나 그 본질은 결코 하찮지 않은 것들을 이야기합니다.

역시나 제 경험을 예로 들자면, 저는 당시 충분히 쉬어 준 덕분에 심각한 번아웃에 해당하는 6단계는 벗어났지만 여전히 뭘 해낼 힘은 없었습니다. 그래서 당장

손쉽게 할 수 있는 것들부터 시작했습니다.

　무언가 기르고 돌보는 것은 자기 효능감에 좋다는 말에 새싹 보리를 키우기로 결정했습니다. 수경재배 틀에 물을 담아 씨앗을 뿌리고 매일 분무기로 몇 번 물을 뿌려 주기만 하면 엄청난 속도로 자라서, 5일째에는 꼭 잘라서 먹어야만 하는 새싹 보리는 성취감을 너무나 쉽게 안겨주었습니다.

　환경을 환기시키는 것도 우울에 좋다는 말에 정리를 하려 했지만 방을 보면 엄두가 나지 않아 한숨부터 나왔습니다. 그래서 제가 선택한 방법은 '서랍 한 칸 정리하기'였습니다. 처음에는 그 한 칸을 정리하기 시작하는 것부터 난관이었지만 **딱, 할 수 있는 만큼만** 해가다 보니 어느새 거실의 냉장고까지 정리하고 있었습니다.

결과가 가시적이지 않은 것들도 물론 가능합니다. 매일 아침 기지개 펴기, 매일 한 번 이상 하늘 바라보기, 하루 한 번 나 칭찬하기, 주 3회 세줄 일기 쓰기, 매일 5분씩 산책, 1일 1인 감사 메시지 보내기 등이 있죠. 대신 이 경우 사진을 찍어 두는 등 뭔가를 남기고 모아두면 추후 그 모음집을 보고 또 하나의 성취감을 느낄 수도 있으니 그 방법을 권장 드립니다.

하찮은 기준은 사람마다 매우 다르기 때문에 얼마든지 수정은 가능하지만, **이 사실은 잊지 마세요. 하찮은 성취감은 '너무 하찮다고 느낄 정도로 쉽고 결과물이 가시적인 것을 행하며 얻는 성취감'**입니다.

하찮은 성취감 목록표

💡 미션 설정 가이드: 너무 하찮아서 인증이 더 귀찮을 정도로 쉬운 것들을 고릅니다.
인증 사진을 찍거나, 눈에 보이는 결과물이 남는 활동일수록 성취감은 커집니다.

완료	미션 내용	한 줄 기록(가시적 성과)
☐	예시 아침 기지개 켜고 숨 들이마시기	기분 체크
☐	예시 서랍 한 칸만 완벽하게 정리하기	정리된 사진 촬영
☐	예시 새싹보리(혹은 식물) 물 주기	성장 속도 관찰
☐	**나의 미션 1**	
☐	**나의 미션 2**	
☐	**나의 미션 3**	
☐	**나의 미션 4**	

*"해내려고 하지 말고, 그냥 가능한만큼만 해 나가시면 됩니다.
성취감은 그저 결과로서 당신을 찾아올 거예요."*

❗ 성취감에 영원히 의존하기 위한 것이 아니라,
건강한 심리적 자립을 위해 잠시 의지하는 것임을 기억해주세요.

● 2차 개선 활동과 흥미로운 성취감

클레임 발생 - 현상 파악 - 직/간접 원인 분석 - 개선활동 - 근본 원
인 분석 - 재발 방지 대책 마련 - 불만처리 보고서 작성 및 종료 처
리 - 분석 및 관리 지표 설정

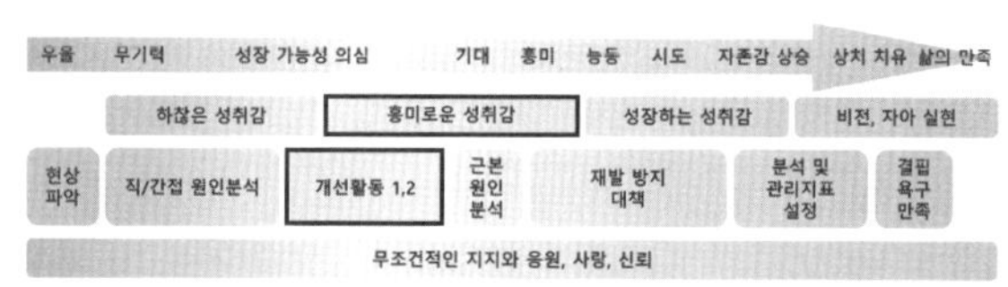

　일단 숨부터 쉬고 나서 심신을 충분히 쉬어 주는 '1
차 개선 활동'과 '하찮은 성취감'을 꾸준히 하다 보면,
어느 순간 여느 때와 다른 마음이 느껴지는 때가 옵니
다. 하찮은 성취감이 쌓여 무의식적으로 '어쩌면 난,
무언가 할 수 있는 사람일지도 몰라.'라는 마음이 들기
때문인데요.

　아주 특별한 노력 없이도 좋아서 할 수 있는 **'흥미로
운 성취감'**을 얻는 때, 즉 내가 하찮다고 생각했던 것
보다 더 **'흥미'롭거나 하찮은 단계를 넘어선 무언가를**

'하고 싶다'라는 생각을 하는 때가 바로 그때입니다.

저의 경우 우연히 발견한 네잎클로버에 '흥미'를 느껴 찾으러 다니기 시작하면서 하루 5분 산책을 넘어 어느 날은 하루 2시간 동안 걸은 적도 있었습니다. 그리고 '테라피'라 할 수 있는 많은 것들을 경험해 보았습니다. 반려 식물을 키우고 반려동물과 교감 및 스킨십으로 힐링하고, 시간을 그저 흘려보내기보다는 오감을 이용한 식사나 목욕 등으로 나에게 집중하는 시간들을 가지곤 했습니다.

여기서 잠깐!

1. 충분한 육체 활동은 BDNF(뇌유래신경영양인자) 생성에 결정적 역할을 하는데요
BDNF 활용 시 기억력, 문제해결 능력이 좋아지고 만족감과 여유를 느낄 수 있는 반면, 오랫동안 결핍되면 우울증, 번아웃 등이 심해진다고 합니다.

그뿐만 아니라 눈의 움직임이 함께하는 안구운동법(샤피로의 EMDR) 또한 우울증에 도움 된다고 하니 참고하세요!

(출처 : '어느 날 갑자기 무기력이 찾아왔다', 클라우스 베른하르트, 동녘라이프)

2. 오감을 이용한 행동들이 우울감 감소에 좋은 것은 대부분 아실 텐데요. 그 방법을 조금 더 알려드리자면 이렇습니다.

이왕이면 우울감 해소에 좋은 음식으로 어우러진 '연어 아보카도 샐러드'를 위해 재료를 사서 직접 손으로 만지고 향을 맡고 색감을 보며 만들고 식사 시에도 같은 방식으로 씹는 소리도 들으며 맛을 깊게 음미해 보는 것입니다.

산책이라면 풍경의 색감, 바람이 나를 스치는 느낌, 자연의 소리, 향을 느끼는 데 집중하는 것이죠.

일부러 '나쁜 생각을 하지 말자' 보다는 나쁜 생각을 할 틈을 주지 않고 내가 느끼는 것에 집중하는 것입니다.

마음이 많이 힘들 때도 잘하려면 평소에 많이 연습해 두시는 게 좋아요!

다양한 경험들이 쌓이면서 무언가 배워보고 싶은 마음도 생겼는데요. 그렇다고 오랜 시간 심혈을 기울일 에너지는 없었기 때문에 취미 어플을 통해 원데이 클래스에 참여하기 시작했습니다.

물론 이 역시 마냥 쉽게 시작할 수 있었던 것은 아니었습니다. 하고 싶은 것을 십여 개나 북마크 해 두었지만 나갈 용기가 없었던 것이죠. 그래서 회사 동료들과 원데이 클래스 경험을 나누며 더 용기가 생길 때까지 채찍질하지 않고 기다렸습니다. 그렇게 첫발을 내디딘 후 **감당할 수 있는 최선**으로 애쓰지 않고 하나씩 하나씩 더해갔습니다.

흥미가 생겨 반쯤 능동적인 생활을 하게 되었다고 해도 **언제든 우울함, 무기력에 빠질 수 있는 것이 이 시기의 또 다른 특징**입니다. 따라서 내 확언과 행동뿐 아니라 어떤 모습도 이해하고 **지지해 줄 수 있는 주변인과 함께하는 것이 좋습니다.**

꼭 소중한 가족, 절친한 친구가 아니어도 괜찮습니다. 같은 고민을 하는 선후배, 성향이 비슷한 동료, 멘토라 느껴왔던 인생 선배 등 주변인도 좋고 정신과나 심리센터 등을 이용하거나, 저와 같이 먼저 겪어 본 사람들과 함께하는 것도 좋습니다.

여기서 잠깐!
지원비 또는 지원 프로그램이 있으니 참고해주세요

국가 또는 지방자치단체로부터
지원받을 수 있는 치료비

근로자 지원 프로그램
- 직무스트레스, 대인관계,
부부/자녀 문제 등

　사실 지지하는 이들에게 도움을 요청하는 것은 현상 파악 시점, 아니 그 훨씬 전부터도 필요한 사항입니다. 그러나 이 시점에서 언급을 시작한 이유가 있는데요. 겨우 용기를 내서 도움을 요청하였으나, 수용되지 않으면 그 행동을 후회하고 더 자신에 대한 무가치함이라는 깊은 동굴 속으로 들어가 버릴 수 있기 때문입니다.

　요청받은 사람들 대부분은 우울증을 앓는 주변인을 대하는 방법을 모릅니다. 그래서 악의가 없음에도 상처가 되는 언행들을 하는 것입니다.

멍든 팔을 보여주며 힘들다고 할 때, 안아주려는 의
도로 상대가 내 팔을 꽉 잡아버리면 당연히 그 멍든
팔은 더 아프게 됩니다. 그들이 악의가 있는지 없는지
내가 잘 파악하고 이해하려 한다고 해서 아플 팔이 아
프지 않게 되는 것이 아니죠. 그렇기에 조심스럽게 이
시점에서 이야기를 꺼내게 되었습니다.

5) 지기지기 백전불태, 그리고 성장

클레임 발생 – 현상 파악 – 직/간접 원인 분석 – 개선 활동 – 근본
원인 분석 – 재발 방지 대책 마련 - 불만처리 보고서 작성 및 종료
처리 - 분석 및 관리 지표 설정

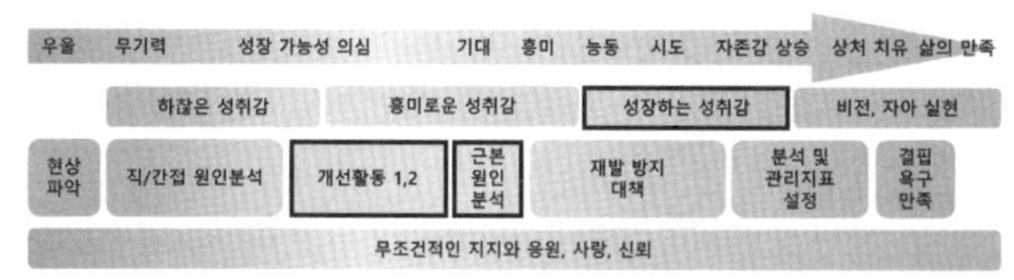

만약 2차 개선활동과 흥미로운 성취감을 통해 퀀텀 점프1구간을 만나셨다면, 아마 대리석은 아니더라도 연두부 같던 **마음이 부침용 두부쯤**은 된 것을 느끼실 것입니다. 우리는 바로 이 때, **근본원인 분석에 들어가야 합니다.**

적을 알고 나를 알면 백 번 싸워도 위태롭지 않다는 말이 있습니다. 지피지기 백전불태라고 하죠. 여기서는 '지기지기 백전불태'라고 이야기하고 싶습니다. 나를 알고 나를 알아야 그 어떤 시련과 백 번 싸워도 위태롭지 않기 때문입니다.

즉, 위태로운 연두부로 다시 돌아가는 것을 최대한 예방하기 위해 나를 알아야 한다는 의미인데요. '왜 부침용 두부쯤은 된 상태에서 해야 하느냐? 미리 알고 고치면 더 빠르고 좋은 것이 아니야?'라는 질문에 답을 드린다면 바로 이 때문입니다.

이 단계를 하다 보면 종종 '나에게서 원인을 찾는다는 것은 곧 내 탓이다'라는 생각에 괴롭고 억울한 마음이 들 때가 있습니다. 그렇기 때문에 '그럼에도 해갈 수 있는 마음'으로 어느 정도 성장했을 때 하시기를 추천 드리는 것입니다.

자, 그럼 저의 원인을 말씀드려 보겠습니다. 일단 저에게 질환(증후군)이 유발된 상황을 먼저 다시 이야기해 보면, 다양한 인간관계에서의 동시다발적인 좌절, 가족만큼 소중했던 친구의 배신, 가족의 불화, 상사의 괴롭힘이 있었습니다. 그래서 나의 어떤 성향이나 습관들로 발생된 것인지 어린 시절부터 돌아보기 시작했습니다.

제가 찾은 답부터 말씀드리면, 저는 사랑과 인정을 갈구하며 눈치 보는 삶을 살아왔고, 문제는 회피하며 자책만 거듭하면서 동시에 착한 아이 콤플렉스를 지니고 살고 있었습니다. 그러니 인간관계에서도 일에서도 늘 애썼지만 돌아오는 것이 부정적일 때 견디지 못한 것입니다. 당연히 배신한 친구도 잃기 싫어 화를 참았고 세 번째로 당했다는 생각을 했을 때는 회피를 택한 것입니다.

가족의 불화로 힘들 때도 저는 이미 상사의 괴롭힘으로 마음이 피폐해져 가던 때였음에도 제발 그만 싸우고 나에게 도움을 요청하지 말라는 말을 할 수 없었습니다. 그냥 저만 감내하면 되는 거였으니까요.

상사 역시 회사에서 받는 스트레스를 저를 괴롭히고 짓밟으며 풀고 자신의 자존감을 챙기도록 두었었는데요. 즉, 저는 괴롭혀도 되는 사람으로 살았던 것입니다.

상황을 유발한 원인을 알았으면 왜 그런 삶을 살았는지도 알아야 하겠죠? 지금은 알지만 어린 시절의 저는 부모님의 사랑을 받지 못하는 줄 알았고 동시에 가난한 집안을 일으켜야 한다는 생각에 어른아이로 자라게 됩니다.

학창 시절에는 두 번의 전학으로 인생 첫 배척을 당하며 눈치도 보기 시작했고 같은 시기, 부모님의 불화는 점차 커졌습니다.

계속 발생되는 불안한 상황들을 저는 어느새 회피하며 저를 탓하기 시작했습니다. 문제 해결을 위해 싸우기보다는 자책이 편했기 때문이겠죠. 불만 없이 생글생글 웃는 제가 사람들에게는 참 좋은 사람으로 여겨졌을 것입니다.

처음에는 부정적인 상황이 싫어서 시작한 것이 어느새 성격이 되어버렸고 저는 가면을 쓴 줄도 모른 채 제가 착한 사람인 줄 알고 살게 되었던 것입니다.

이렇게 나를 제대로 파악하는 동안 동시에 우리는 한 가지를 더 하는 것이 좋은데요. 바로 성장하는 성취감입니다.

무기력하기에 애쓰지 않고 할 수 있는 하찮은 성취감으로 시작했고, 흥미로워서 특별한 노력 없이 할 수 있는 흥미로운 성취감까지 시행착오 끝에 도착하신 분이라면 **이제는 시간과 노력이 필요한 무언가도 해보는 즉, 성장하는 성취감을 시도**할 수도 있을 것입니다.

앞선 성취감들이 쌓여 '무언가 결과물을 만들고 싶다'는 생각이 들지만 막상 '도전하기는 무섭다'라고 생각할 때가 바로 성장하는 성취감이 시작되는 시기인데요. '성공을 위해'가 아닌 '성장을 위해' 하나씩 도전을 하다 보면 결국은 뭐라도 하나는 얻고 매일매일 성장하고 있는 나를 발견하게 됩니다.

저 역시 이 시기에 어떤 자격증 취득을 고민할 일이 있었는데요. 처음에는 '내가 무슨 자격증이야?'라고 생각했지만, 그렇기 때문에 합격이 아니라 시도하는 자체에 의의를 두고 시작했었습니다. 그리고 그렇게 막상 해보니 의외로 제가 아는 바가 많은 내용으로 구성된 시험이라는 것을 알게 되었던 적이 있습니다. 합격 여부와 관계없이 일단 시도해 보았기에 내게도 가능성이 있다는 것을 알게 된 경험이었죠.

이 경험 덕분이었을까요? 그 이후, 생각해 보지도 않았던 어느 공모전에 덜컥 지원을 해버립니다. 그리고 특허 등록, 원데이가 아닌 몇 주간의 프로그램 참여 등등 하나씩 도전해 보는 삶을 드디어 살고 있는 저를 발견하게 되었습니다.

[2. 원인 분석]을 채워보는 시간입니다.

마음 품질관리 매뉴얼
인생 클레임 처리 매뉴얼

문서번호 : LCR-2022-001

결제	작성	검토	승인
	본인	무의식	미래의나

1. 클레임 발생 현황

현상 파악	현재 나를 괴롭게 하는 신체적, 심리적 증상을 나열해보아요. (ex. 폭식, 불면증, 무기력)
직접적 원인	우울증 점수 : _________점 / 번아웃 점수 : _________점

2. 원인 분석

간접적 원인	현재 숨을 쉴 수 없게 만드는 즉각적인 환경적 요인은 무엇일까요? (ex. 가스라이팅, 금전적 문제)
근본적 원인	어린 시절부터 형성된 나의 성향이나 결핍 욕구가 있다면요? (ex. 착한아이 콤플렉스, 인정욕구)

3. 개선 조치 및 재발 방지

1차 개선활동	당장 숨을 쉬기 위해 거리를 두거나 멈춰야 할 행동이 있다면 무엇일까요?
하찮은 성취감 계획	너무 하찮아서 실패하기 어려운 오늘의 작은 미션을 설정해보아요. (ex. 기지개 켜기, 서랍 한 칸 정리)
2차 개선활동	흥미로운 성취감 계획을 하거나, 나를 있는 그대로 지지해 줄 사람이나 환경을 찾는다면요? (ex. 네잎클로버 찾기, 원데이 클래스, 지지 모임 참여, 전문가 상담)
재발 방지 대책	무의식 또는 뿌리 깊은 정서심리적 특징은 무엇이며, 어떻게 개선하면 좋을까요? (ex. 부캐 줄이기, 완벽주의 탈피 연습하기, 즐거움 찾기, 자기수용 연습하기)
향후 관리 지표	핵심 키워드 : (ex. 자존감, 자기수용)

- 본 매뉴얼은 여러분의 '마음 품질관리 매뉴얼' 작성을 위한 기초 자료로 사용됩니다.
- 주의 : 짐을 내려놓는 것은 포기가 아니라, 더 큰 에너지를 얻기 위한 전략적 휴식/과정입니다.

6) 앞으로 해야 할 일들

클레임 발생 – 현상파악 – 직/간접 원인 분석 – 개선 활동 – 근본 원인 분석 – 재발 방지 대책 마련 – 불만처리 보고서 작성 및 종료 처리 – 분석 및 관리 지표 설정

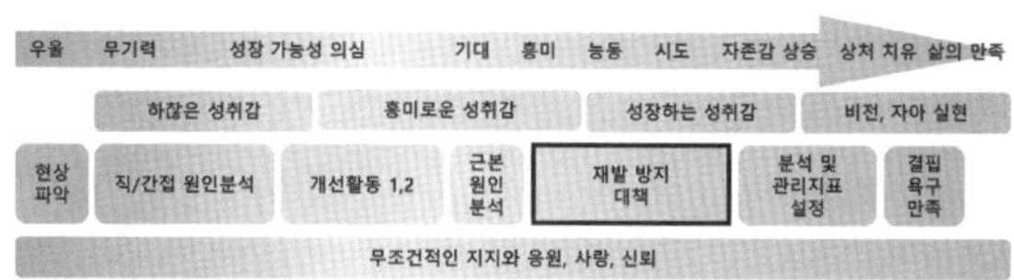

　회사에서는 문제 발견 후 개선 활동과 원인 분석을 마치면 다음 제작 시 동일한 클레임이 발생되지 않도록 하기 위해 재발 방지 대책을 세웁니다.

　우리도 증상 파악으로 시작해 마음을 키우며 원인 분석까지 마쳤으니 그 **근본 원인들에 대한 대책을 반드시 세워야** 합니다. 대책을 택할 때는 당연히 **원인과 관련된 대책**을 꼭 택해야 하며, 더불어 **마음을 계속 어루만져줄 대책**도 택하면 더욱 큰 효과를 볼 수 있습니다.

저는 근본 원인을 해결하기 위해 '멀티 페르소나(일명 부캐) 줄이기'와 '완벽주의 탈피'를 핵심 대책으로 세웠습니다. 동시에 지친 마음을 다독일 '즐거움 찾기', '있는 그대로 수용하고 인정하기', '감사한 마음을 갖고 표현하기'를 병행하며 회복의 탄력성을 높였습니다.

모든 역할을 잘 해내고 인정받으려 했기에 멀티 페르소나, 즉 여러 가지 역할들을 하나둘씩 내려놓았습니다. 대신 이 역시 한 번에 되는 것은 아니기에, 하찮은 성취감으로 시작하듯 처음에는 남을 세 번 챙길 때마다 나를 한 번 챙기는 그런 자세로 시작했습니다. **무엇이든 당장 할 수 있는 작은 것부터 하는 것을 다시 한 번 강조**할게요.

다시 멀티 페르소나 이야기로 돌아오면, '수많은 어플을 켜 둔 휴대폰은 당연히 배터리가 빨리 닳더라'라는 것을 저는 이때가 되어서야 깨달은 것이었습니다. 또한 그 덕에 수많은 일과 사람들을 내가 챙기지 않으면 큰일 날지 모른다는 생각은 저 혼자만의 생각이었다는 것을 알게 되었습니다.

완벽주의 탈피를 위해서는, 완벽히 100이 되어야 시작하는 것을 버리고 10에서 시작해 11, 12라도 되면 기뻐하고 20, 30이 되는 것을 즐겼습니다. 그 덕에 나중에는 힘들지 않게 200이 되는 것도 경험하게 되었습니다.

번아웃 이전에도 늘 인간관계든 일이든 열정을 쏟아부었지만 그때는 그 외에 즐기는 것이 있었습니다. 하지만 잘 생각해 보면 쌓이는 스트레스를 즐거움으로 해소하지 못하기 시작하면서부터 번아웃과 가까워졌다는 것을 알았습니다. 그때문에 흥미로운 성취감에서 찾은 즐거움들을 이어갔습니다.

그리고 마음이 아프기 전의 나도, 아플 때의 나도, 지금의 나도 모두 나라는 것을 인정하고 감사의 마음을 가지며 '나는 아팠지만 회복 중입니다.'를 알리고 나자 오히려 마음이 더 편해지는 것을 느꼈습니다.

[3. 개선 조치 및 재발 방지]를 채워보는 시간입니다.

마음 품질관리 매뉴얼
인생 클레임 처리 매뉴얼

문서번호 : LCR-2022-001

결제	작성	검토	승인
	본인	무의식	미래의나

1. 클레임 발생 현황	
현상 파악	현재 나를 괴롭게 하는 신체적, 심리적 증상을 나열해보아요. (ex. 폭식, 불면증, 무기력)
직접적 원인	우울증 점수 : _________점 / 번아웃 점수 : _________점

2. 원인 분석	
간접적 원인	현재 숨을 쉴 수 없게 만드는 즉각적인 환경적 요인은 무엇일까요? (ex. 가스라이팅, 금전적 문제)
근본적 원인	어린 시절부터 형성된 나의 성향이나 결핍 욕구가 있다면요? (ex. 착한아이 콤플렉스, 인정욕구)

3. 개선 조치 및 재발 방지	
1차 개선활동	당장 숨을 쉬기 위해 거리를 두거나 멈춰야 할 행동이 있다면 무엇일까요?
하찮은 성취감 계획	너무 하찮아서 실패하기 어려운 오늘의 작은 미션을 설정해보아요. (ex. 기지개 켜기, 서랍 한 칸 정리)
2차 개선활동	흥미로운 성취감 계획을 하거나, 나를 있는 그대로 지지해 줄 사람이나 환경을 찾는다면요? (ex. 네잎클로버 찾기, 원데이 클래스, 지지 모임 참여, 전문가 상담)
재발 방지 대책	무의식 또는 뿌리 깊은 정서심리적 특징은 무엇이며, 어떻게 개선하면 좋을까요? (ex. 부캐 줄이기, 완벽주의 탈피 연습하기, 즐거움 찾기, 자기수용 연습하기)
향후 관리 지표	**핵심 키워드 :** (ex. 자존감, 자기수용)

- 본 매뉴얼은 여러분의 '마음 품질관리 매뉴얼' 작성을 위한 기초 자료로 사용됩니다.
- 주의 : 짐을 내려놓는 것은 포기가 아니라, 더 큰 에너지를 얻기 위한 전략적 휴식/과정입니다.

끼 아픔만 있는 사람이 아니기에

클레임 발생 - 현상 파악 - 직/간접 원인 분석 - 개선활동 - 근본 원인 분석 - 재발 방지 대책 마련 - 불만처리 보고서 작성 및 종료 처리 - 분석 및 관리 지표 설정

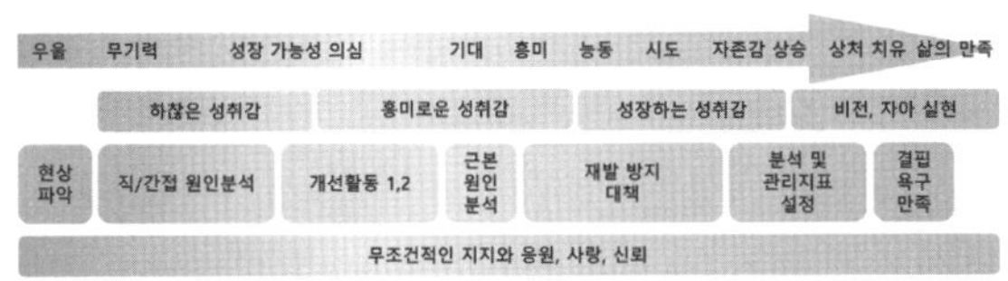

회사에서는 클레임 처리가 완료되면 불만 처리 보고서 작성 후 종료 처리를 합니다. 저는 이 과정을 인생에 있어서는 장점 찾기로 대체했는데요. 지금까지 '내 마음은 약하다.'라는 명제를 전제로 해왔지만 사실 우리 마음 한편에는 이미 타고난 근육이 있습니다. 그래서 **장점, 강점을 찾아 진정한 종료 처리**를 하고자 합니다.

저는 비록 착한 아이 컴플렉스로 힘들기도 했지만 사람들을 편하게 하는 장점이 있습니다. 과한 책임감으

로 나를 갉아먹었지만 그 부분만 개선하면 믿음직한 사람입니다. 생각이 많아 시도하기를 늘 주저했지만 그 생각들은 우울증으로 저하된 창의력에 도움 될 것을 압니다.

고통에 매몰되어 있을 때는 잊고 지냈던 저의 본모습은 사실, '은근히 웃기고 재밌는 사람이네?'라는 문장이 어울렸었습니다. 다만 너무 기운이 저하되고 눈치를 보면서 숨겨둔 것이었죠. 그래서 그 유머러스함으로 주변 사람들에게 기쁨을 전하던 에너지가 제 안에 여전히 살아있음을 확인했을 때, 비로소 인생 클레임의 '진정한 종료 처리'가 가능해졌습니다.

만약 여러분께서 도저히 장점, 강점을 찾지 못하겠다면 제가 알려드릴게요. '회복해야겠다'라는 마음을 먹기도 힘든데 해내셨고, 무기력함에도 불구하고 이 책을 여기까지 읽으셨습니다.

읽었으니 그대로 해보려 마음먹고 시도했다면 그 자체로 당연히 멋지며, 그렇지 않았다 하더라도 아직은 쉬어야 하는 단계라는 것을 체감했으니 이미 나를 조

금 더 알아간 것입니다. 결코 아픔만 있는 사람이 아닙
니다.

8) 앞으로 해야 할 일들의 관리 포인트

보고서 작성 및 종료 처리까지 완료되고 나면 사실
클레임에 대한 과정은 끝이 난 것입니다. 그러나 회사
의 경우 더 좋은 경영을 하기 위해 앞으로의 사업계획
을 세우고 이를 이루어가는 활동을 하죠?

클레임 발생 – 현상 파악 – 직/간접 원인 분석 - 개선활동 – 근본 원
인 분석 - 재발 방지 대책 마련 - 불만처리 보고서 작성 및 종료 처
리 ─분석 및 관리 지표 설정

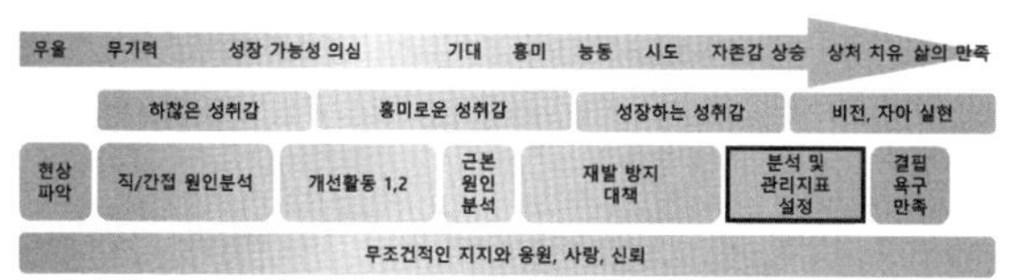

품질팀의 경우 여러 계획 중 하나로, 금년도 클레임 처
리 현황을 분석, 관리 지표를 선정하여 이를 관리함으로

써 클레임 발생률을 줄이는 것을 사업계획으로 제출합니다.

물론, **우리 인생에도, 마음에도 지표 관리가 필요**하죠. 증상 파악으로 시작해 근본 원인을 밝히고 재발 방지 대책까지 세우고 나면 아마 뭔가 **하나의 공통된 키워드**가 보이는 분도 계실 것입니다.

저의 경우 그것은 바로 '자존감'이었습니다. 나를 존중하지 못해 늘 인정욕구가 가득했고, 나를 믿지 못하니까 늘 실패가 두려워 회피하고 남에게만 의지했습니다. 나를 사랑하지 못하니까 늘 착하게 굴며 좋은 사람이 되어 사랑받으려 했습니다.

지금 제 글을 보시고 혹시라도 '자존감이 낮으면 자책하는구나. 그럼 공격적인 사람은 자존감이 높은 거야?'라는 생각을 하실 수도 있는데요. 자존감이 높으면 공격적이지 않고도 자신을 잘 표현할 수 있습니다. 오히려 자존감이 낮기 때문에 누군가가 약한 자신의 모습을 발견하고 공격할까 두려워 먼저 더 강한 척 공격을 하는 것이죠.

실패할 리가 없어 => 자신감이 있다.
실패해도 괜찮아 => 자존감이 높다.
[박혜림(그레이숲풀)이 표현하는 자신감과 자존감의 차이]

자존감을 높이는 방법은 당연히 많이 있고 혼자서도 가능합니다. 그러나 꾸준히 하는 것은 생각보다 어렵기 때문에, 저는 자존감을 다루는 모임에 참여하며 도움을 받기도 했습니다.

만약 여기까지 오는 동안 하나의 주체가 되는 키워드를 발견하셨다면 재발 방지 대책을 위한 활동을 기본으로 하되, 그 키워드가 중심이 되는 해결책들을 반드시 계획, 수행하시는 것을 강력 추천합니다.

3.
다시 무너지지 않으려면
이렇게 해야 한다

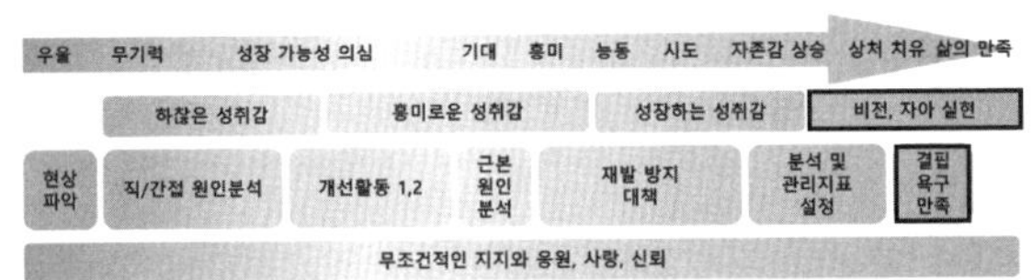

1) 우울증 극복 후에도 무기력이 찾아온다면?

번아웃과 우울증에서 벗어났다고 하여 무기력이 다시는 찾아오지 않는다는 생각은 사실 하지 않으시는 것이 좋습니다. 그렇다면 '앞으로 영영 무기력은 벗어나지 못하느냐?' 하면 그것 또한 아니라고 말씀드릴 수 있는데요.

인생, 마음에도 매뉴얼이 필요한 이유를 이야기할 때, 그것은 무의식과의 소통으로 심신의 고통을 최소화하기 위함이라고 말씀드렸던 것을 기억하시나요? 네, 지금까지의 과정에서 이 **무의식과의 대화가 부족했다면 무기력이 다시 찾아오는 것입니다.**

처음 저만의 매뉴얼을 만들고 나서 그 뿌듯함, 설렘, 기대, 희망 등으로 저는 며칠 동안 굉장히 행복했습니다. 그러나 금세 무기력에 빠졌고 매뉴얼 덕분에 벗어났습니다. 하지만 단 며칠 만에 또다시 무기력에 빠지는 경험을 하게 됩니다.

그나마 다행인 것은, 매뉴얼 덕분에 '왜 또 이러지? 지겹다. 괴롭다.'가 아니라 '왜? 뭐가 문제지? 어떤 게 원인일까?'가 자연스럽게 되었다는 것입니다. '비전도 찾았고 자존감도 올라가고 있고 글도 쓰며 지인들에게 성장한 모습을 보여주고 있는데 왜 무기력할까?'를 생각했습니다.

2) 무기력 극복을 위해 선행되어야 할 것

무기력을 극복하려면 자존감을 높여야 한다는 말은 많이 들어 보셨을 거라 생각합니다. 그런데 그 자존감을 높이려면 또 선행되어야 할 것이 있는데요.

<그림2. 매슬로의 5대 욕구 피라미드>

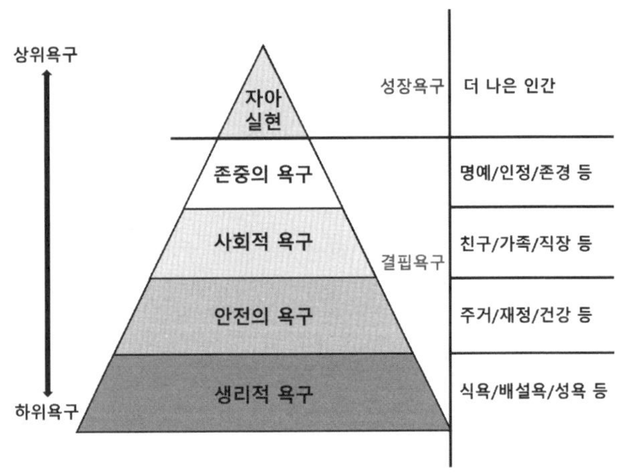

[심리학자 매슬로의 5대 욕구 이론]

심리학자 매슬로는 인간의 욕구에 단계가 있다고 말합니다. 가장 밑바닥의 생리적 욕구와 안전 욕구 같은

‘결핍 욕구’가 채워지지 않으면, 그 위의 자존감이나 자아실현은 모래성처럼 위태로울 수밖에 없습니다. 우리 마음의 기초 공사가 선행되어야 하는 이유입니다.

  따라서 우울증을 극복했다 하더라도 무언가 알아차리지 못한 마음의 상처가 계속 존재한다면 그것은 건강을 해칠 것이고 안전 욕구가 만족되지 않으니 자존감 상승도 무기력 극복도 이루기가 힘들게 할 확률이 높습니다.

  무의식을 아이로 놓고 표현해 보면 이해가 쉽습니다. 아이가 무섭다며 엄마에게 응석을 부릴 때 엄마는 나름의 이유로 받아주지 않습니다. 그럼 아이는 울거나 떼를 쓰기 시작하겠죠. 엄마는 임시방편으로 장난감을 하나 쥐어 주고 할 일을 합니다. 잠시 조용해지는 듯했지만 무서운 상황에 다시 놓이자 아이는 또 울며 매달립니다. 엄마는 그만 좀 하라고 화를 냅니다.

너무 무서운데 엄마가 알아주지 못하니 아이는 너무도 야속합니다. 또다시 무서운 상황에 놓인 아이는 이제 떼쓰는 걸로는 안 된다는 생각에 엄마를 꼬집고 소리를 지르기도 하고 온갖 훼방을 놓습니다. 그럼 엄마는 그제서야 '얘가 왜 이래?' 싶어지는 것이죠.

그때라도 황급히 아이의 마음을 알아주고 안아준다면 아이의 마음은 풀릴 것입니다. 하지만 때를 놓치면 이 아이는 또 어떤 방법으로 표현할지 모릅니다.

가능하다면 '무서워서 그랬다'라는 사실을 알아주는 것 외에도 무섭지 않게까지 해주는 것이 최고의 방법입니다만, 일단은 알아봐 주는 것만으로도 효과는 나타납니다. 그렇게 습관이 되면 자연스레 '무서워서'라는 이유까지 알게 되고, 그럼 어떻게 대처해야 하는지도 알게 되니 너무 조급하실 필요는 없습니다.

이 책을 쓰던 중 하나의 에피소드가 떠올랐습니다. 저는 제가 우울감이 없고 그저 밝은 성격인 줄로만 알았던 고등학생 때, 이미 스트레스를 받으면 (은유적 표현이 아니라 실제로) 숨이 막히는 기분을 종종 느꼈던 기억이 납니다. 이미 무의식이 말을 걸고 있었는데 전혀 몰랐고 우울증을 겪으며 호흡곤란으로 더 심화되었던 것이 아닐까 싶습니다.

3) 결핍욕구 만족 시 기대효과

총 네 개의 결핍욕구 피라미드가 만족되면 우리는 드디어 성장욕구 단계에 다다를 수 있습니다. 비전을 찾아 자아실현을 하며 가슴 설레는, 삶의 주체가 되는 인생을 살 수 있게 되는 것입니다.

이 책을 읽으려 했던 처음의 마음을 기억하시나요? 번아웃과 우울증을 극복하고 싶은 분, 학습된 무기력이나 자신에 대한 무가치함에서 제발 벗어나고 싶은 분, 혹은 특별히 문제라고 인식할 무언가는 없지만 딱히 행복한 삶도 아닌 것 같아서 방법을 알고 싶었던 분들 등 이유는 다양할 것입니다.

그런데 잘 생각해 보시면 그 이유의 중심은 한 가지를 이야기하고 있다는 것을 알 수 있으실 겁니다.

내가 원하는 것은 번아웃과 우울증에 빠져 있지 않는 삶, 내가 원하는 것은 활력이 넘치지는 않더라도 기력이 좀 있었으면 하는 삶, 내가 원하는 것은 가치 있는 소중한 나로 사는 삶, 내가 원하는 것은 잔잔한 행복이라도 늘 함께하는 삶, 회사 생활이 더는 무료하지 않고 활력적인 삶, 바로 그것들이지 않나요?

'내가 주체적으로 사는, 내가 원하는 삶'인 것이죠.

결핍욕구를 더 이상 외면하고 회피하지 않고 방법을 찾아 만족시키게 되면, 더 나은 인간으로 살고 싶은 그 욕망을 이룰 수 있다는 것입니다.

4) 결핍욕구 만족시키는 방법

'OK. 이해했어. 그럼 어떻게 하는 건데?'라는 질문을 하실 차례죠? 일단 제 이야기를 들려드리고 말씀해 드릴게요.

제가 앞에서 '비전도 찾았고 자존감도 올라가고 있고 글도 쓰며 지인들에게 성장한 모습을 보여주고 있는데 **'왜 무기력할까?'**를 생각했습니다.'까지 이야기한 채 멈추었죠?

이어가자면 저는 그렇게 '왜?'를 끊임없이 자문한 결과 제가 생각하지 못한 무언가가 결핍된 것을 드디어 깨달았습니다. 바로 친구에게 받은 상처가 **곪은 채 방치되어 있는데 모르고 있었기 때문**이라는 거였죠.

지금 언급된 친구는 가족만큼 소중했던, '일단 숨부터 쉬고 보자' 부분에서 이야기한 그 친구입니다. 제 자존감을 깎는 언행을 하고 세 번의 배신 아닌 배신을 했는데도 화 한번 제대로 내지 못했던 친구죠. 이 친구와는 '너만 힘든 거 아니야'라는 말을 들었던 우울증의 시기에 이미 한번 제가 연락을 끊었다가 다시 연락하면서, 사과를 받고 서로 오해도 푼 적이 있었기에 잘 지내는 줄로만 알았습니다.

하지만 그 당시의 저는 자존감이 여전히 낮은 상태였기 때문에 곪은 상처를 제대로 보여주면 겨우 화해한 사이가 또 틀어질까 봐 일부는 숨겨 버렸고, 그렇게 잊고 지내며 상처는 더욱 썩어 문드러진 채 이 책의 초안을 쓰며 드러난 것이었습니다.

상처를 마주하는 것은 곪은 부위를 도려내는 것만큼 고통스러운 일입니다. 회피하고 싶은 마음과 무기력이 저를 짓눌렀지만, 우연히 접한 만화 속 한 구절이 제게 용기를 주었습니다. 그렇게 저는 더 늦기 전에 그 친구에게 저의 해묵은 상처를 드러내기로 결심했습니다.

단, 만약 이 과정으로 친구와의 관계가 깨진다면 내가 견딜 수 있을지 자문했고, 그렇다는 대답을 스스로에게 듣고 행동했죠. 그간 **마음 근육이 보다 단단해졌기에 가능했던 것**입니다.

무의식에 감춰둔 상처를 제대로 마주하고 치유해 주지 못하면 무기력은 다시 찾아올 수 있습니다. 다행히도 이제는 그 방법을 알고 있으니 좌절로 가지 않고 부정적인 감정은 별개로 수용하되 '왜', 정말 원인을 찾고 싶은 그 '왜'로 다가가시면 됩니다.

근본 원인 분석에서 연습이 되었다면 쉽겠지만, 그게 아니라면 이 방법을 추천해 드릴게요. 저는 이 방법을 '내가 만드는 동화'라고 부르는데요. 어린 시절부터 가장 최근까지 중 지금의 내 성격이나 현재 느끼는 불편한 감정에 영향을 주었을 것으로 생각되는 시기의 나를 모두 불러서 대화해보는 동화를 상상으로 만들어 보시는 것입니다.

신기하게도 내 문제를 내가 볼 때는 찾아지지 않던 답이 타인에게 고민 상담을 해주면서 찾아지기도 하기에, 바로 그런 점을 이용한 것입니다. 과거의 '나'들과 만나서 어떤 상황에서 어떤 상처를 받았고, 어떤 생각을 하는지를 물어보고 지금의 내가 안아주며 이해해줌과 동시에 이유를 설명해 주는 것이 의외로 큰 효과를 나타내기도 한답니다.

이렇게 **연습을 거듭하다 보면** 나중에는 굳이 동화를 만들지 않고도 **자연스레 '(건강한) 왜'를 거듭하며 답을 찾는 자신을 발견하게 되실 것입니다.**

실제로 저는 이 책을 쓰기 전부터 쓰는 과정을 포함해서 여러 번의 수치심을 겪으며 이제는 그 수치심의 이유도 발견했는데요. '내가 만드는 동화' 연습 덕에 수치심으로 인해 '왜'를 거듭한 순간들을 모았고 공통점을 알아봤습니다. 그랬더니 저는 굉장히 도덕적이고 괜찮은 사람이고 싶은데 그렇지 못하게끔 보이는 오해 상황에 놓이면 그렇게 수치심을 느낀다는 것을 알게 되었습니다.

정당하게 요구해야 할 근로 대가를 말하는데도 ‘재능기부를 하지 않고 돈을 요구하는 나는 괜찮은 사람이 아니다.’라고 느끼기도 하고, 회의 중 질문에 답을 했지만 ‘네’ 한마디로 급히 화제를 돌리는 질문자로 인해 ‘빨리 회피하고 싶을 만큼 내가 아주 별로인 답을 했나 보구나.’라는 생각을 하고 있다는 것을 알게 된 것이죠.

물론 두 번째 상황은 인지적 오류에 대한 문제도 있으나, 어쨌든 저는 그런 상황에서 수치심을 느끼고, 그로 인해 무기력이 찾아오기도 한다는 것을 하나 알았습니다.

그런데 이 과정에서 뭔가 이상한 점 못 느끼셨나요? 욕구 피라미드에서 하위 욕구가 만족되지 않으면 상위 욕구를 실현하기 어렵다고 했었죠? 그럼 제가 곪은 상처를 치유하지도 않은 채 자존감 상승과 비전 찾기를 하는 것도 불가능해야 정상인데 말이죠?

제 경험상, 사실 그것은 이 단어가 빠져 있었기 때문이었습니다. 바로 '우선적'인데요. **하위 욕구가 만족하지 않은 채 상위 욕구만 우선적으로 만족시키기는 어렵다**는 의미입니다.

<그림3. 결핍된 부분이 많은 하위 욕구 피라미드>

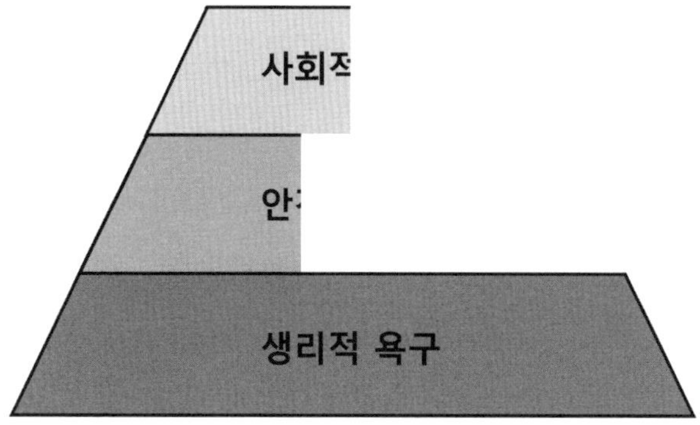

<그림4. 위태로운 욕구 피라미드>

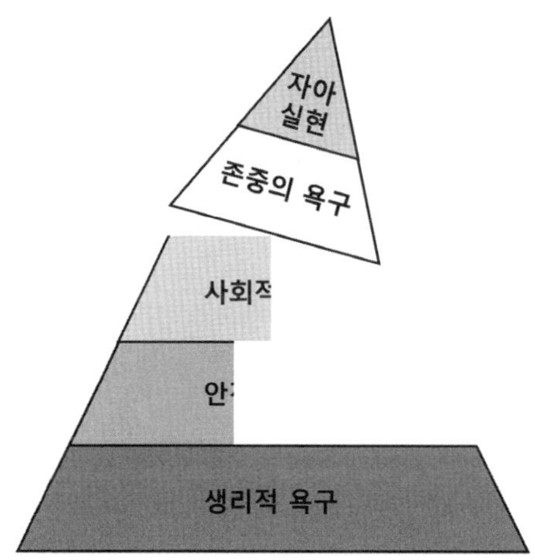

조금 더 설명 드리죠. 저는 번아웃과 우울증, 퇴사 후 재정난, 그리고 친구에게 받은 상처로 안전 욕구가 결핍되어 있었고 역시나 퇴사로 인해 소속감과 애정 욕구가 결핍되어 있었습니다. 그래서 하위 피라미드가 아마 <그림3> 정도였을 거라 생각하는데요.

이 상태에서는 아무리 존중과 자아실현 욕구를 쌓으려 해도 위태위태하거나 결국 <그림4>처럼 무너지겠죠?

그럼 '하찮은 성취감'과 '근본 원인 분석'을 다룬 '마음 품질관리 매뉴얼'을 통해 하위 욕구가 꽤나 만족된 상태에서는 어떨까요?

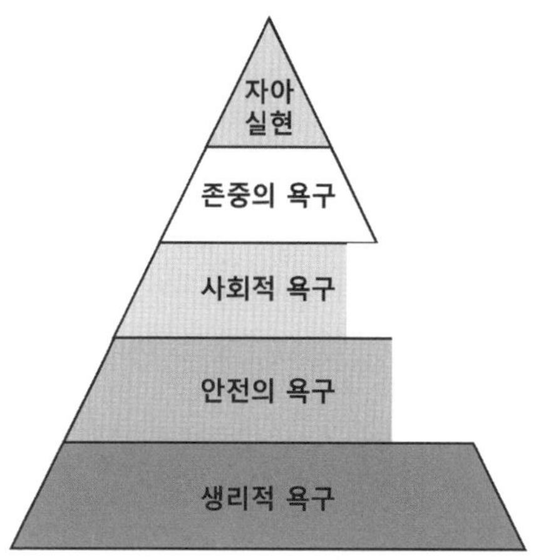

일단 먼저 쌓고서 무너지기 전에 하위 욕구들을 만족시켜 갈 수도 있겠죠? 제가 상위 욕구만 우선적으로 만족시키려 할 때는 되지 않던 것이 하위 욕구를 일부 선행, 이후 병행하고자 할 때는 가능해진 것입니다.

물론 제가 곪은 상처를 알아차리지 못하고 계속 상위 욕구만 밀어붙였다면 하위 욕구가 차지하는 부분이 점차 작아지면서 또다시 무너지는 경험을 하고 말았을 것입니다. 아니, 실제로 매뉴얼을 알기 전에는 그

랬답니다.

5) 성장욕구 만족 이야기

여기까지 잘 오셨다면 분명히 처음과는 달라진 자신의 모습이 신기하기도 하고 뿌듯하기도 한 경험을 하셨을 거예요. 그럼 드디어 자아실현의 차례인데요.

'자아실현'을 검색해 보면 그 정의는 조금씩 다릅니다. 핵심 키워드로 이야기한다면 '가능성', '잠재력', '역량', '발휘'와 같은 단어들을 선택할 수 있습니다. 그런데 저는 여기서 한가지 단어를 더 언급하고 싶은데 그것은 '설렘'입니다.

자존감 상승을 위해 한 프로그램에 참여한 덕분에 신기하게도 자존감이 소폭 상승했고, 좋아하지만 예전에는 할 수 없을 거라고만 생각하며 외면했던 것들을 한 번쯤 시도는 해보고 싶다는 생각이 들었습니다. 그로 인해 반신반의하며 비전 코칭을 받았고 저는 그때의 설렘을 잊을 수 없습니다.

지금 하고 있는 이 일. 과거의 저처럼 우울하고 무기력하거나 자신의 가치를 모르는 분들을 위해, '자신을 이해하고 수용하여 주체적으로 원하는 삶을 살도록 돕는 바로 이 일'을 할 생각을 하니 너무나도 가슴이 뛰기 시작했습니다.

자아실현이란 단순히 잠재력을 발휘하는 차원을 넘어, 내가 가장 설레는 일에 그 잠재력을 쏟아붓는 과정입니다. 그것이야말로 우리가 도달할 수 있는 가장 밀도 높은 행복의 형태라고, 감히 저는 확신합니다.

네, 알고 있습니다. '나는 그럴 금전적 여유가 없어.', '나는 시간이 없어.', '나는 해도 안 될 거야.' 같은 생각이 드는 것이 당연합니다. 문제가 있는 사람이라서, 한심한 사람이라서 하는 생각이 아닙니다.

우울과 무기력 극복 과정에서 이야기한 것과 같은 이유입니다. **당장 할 수 있는 것부터 시작**해 점차 확장해 나가면 되고, 지금은 당연히 체감할 수 없지만 **퀀텀점**

프의 순간들이 올 것이며, 잘 풀리지 않아 좌절하는 순간이 오면 포기할 것이 아니라 **'왜'를 떠올리며 수정**해 가면 되는 것입니다.

뜬구름 잡는 소리로 느껴지시나요? 일단 무기력부터 우리 극복해 보죠. 체감하고 가능성이 보이면 생각은 분명 달라지실 것입니다.

4.

1장의
이야기를 마치며

1) 매뉴얼 제/개정 완료 후 성과

제가 번아웃 시절과 달리, 이미 이 책을 쓰고 프로그램을 운영하고 있다는 사실만으로도 성과는 보일 거라 생각합니다. 하지만 조금 더 이야기를 해보려 합니다.

● 시련을 대하는 태도

인생에 자꾸만 발생하는 시련들도 힘든데 회사에서 클레임 업무까지 해야 하는 것은 너무도 고통이라 했던 저였습니다. 그러나 마음이 크게 성장하고 나니 시련이 예전처럼 자주 찾아오지도 않고, 온다 해도 마냥 고통스럽기만 하지는 않은 것이 되었습니다.

퇴사 후 더는 고정 급여가 들어오지 않는 상태에서 백수 생활을 하고 있을 때, 반려견이 크게 아팠던 적이 있습니다. 단 하루 만에 생사를 오가고 있었고, 산다 해도 평생을 가슴 졸이며 관리해야 하는 병이라는 이야기를 들었습니다.

설상가상으로 퇴직금과 마지막 급여는 못 받을 수도 있다는 소식이 들려왔고 아픈 반려견으로 예민해진 가족들은 사소한 것에도 짜증을 내고 싸우기 시작했습니다.

보험도 없는 상태에서 예상 병원비만 천만 원. 눈앞이 캄캄해질 법한 상황이었지만, 제 입에서는 신기하게도 **'다행이다'**라는 말이 먼저 흘러나왔습니다. **상황은 비극이었으나, 제 마음은 더 이상 비극에 매몰되지 않았던 것입니다.**

'아무것도 모른 채 사랑하는 반려견을 떠나보내지 않고 지금이라도 발견해서 다행이다.'

'백수라서 매일 두 번씩 밥과 약을 먹이러 병문안을 가고 우리가 곁에 있음을 보여주며 안심시켜 줄 수 있어서 다행이다.'

'평생일지라도 관리를 하면 가능성도 있다는 얘기라 다행이다.'

'이대로 있다가 다시 무기력에 잠식되어 아무것도 못 할까 봐 걱정했는데 반려견이 퇴원하면 급한 돈을 벌기 위해서라도 일을 해야 하니까 그런 걱정은 없으니 다행이다.'

'약 먹이기가 늘 힘들었는데 이번 기회에 제대로 배워서 다행이다.'

언급한 것 외에도 많은데 예전 같았으면 '반려견이 아픈 것 자체가 고통이고, 이런 상황에 나는 못난 백수에 회사에서 돈도 못 받고, 돈 문제까지 겹치니 가족들은 더 싸우는 건데 나는 이를 막지도 못한다'라며 온갖 부정적인 생각만을 했을 것이지만 그렇지 않은 제가 너무도 신기했던 기억이 납니다.

그와 더불어 시련에서 **배울 것은 무엇인지도 찾습니다.** 저는 실패 노트 혹은 성장통 노트라고 부르는데요. 학창 시절 오답노트를 쓰며 성적이 올랐던 것처럼 힘든 일을 겪으면 **앞으로는 이 시련을 겪지 않으려면 무얼 해야 할지를 고민해 보는 것**입니다. '왜'를 통해 무의식을 만나고 근본원인을 개선하는 것과 같은 이치라 할 수 있겠습니다.

● 식욕의 변화

  이제는 스트레스를 받는다고 해서 마냥 폭식과 과식을 반복·지속하지 않고, 맵고 짠 음식만 갈구하지 않습니다. 물론 맛있는 것이 있으면 많이 먹을 때도 있고 여전히 매운 떡볶이를 먹는 것도 좋아합니다. 하지만 건강을 해치는 수준이 아니라 적당히 즐기는 수준으로 그 횟수도 양도 변한 것이 포인트입니다.

  혹여 다시 폭식 증상이 생기더라도, 이는 저의 무의식이 말을 걸고 있다는 의미로 해석하고 다시 매뉴얼을 열곤 합니다. 실제로 다시 폭식증상이 생겨서 10kg 이상 늘어난 적이 있고, 마음을 다잡아 건강하게 10kg을 감량하기도 했습니다.

● 시도하는 삶

성공과 실패라는 결과가 절대적으로 중요하지가 않아졌습니다. 과거에는 당연히 실패할 게 뻔하니까 부족한 사람으로 보이고 싶지 않아서, 실패 이력을 쌓아 더 한심한 인간이 되고 싶지 않아서, 도전이라는 건 늘 거리가 멀었습니다. 하지만 이제는 **결과와 상관없이 매번 시도해 보는 내가 대견해서라도 시작**합니다. 성공이 따라오면 그것은 더 큰 즐거움인 것입니다.

● 가해자 용서

가스라이팅하며 온갖 억지로 괴롭힌 상사가, 사실은 너무 힘든데 표현하는 법을 몰라서 그랬다는 생각이 드니 참 안쓰러웠습니다. '어떤 삶을 살았기에 저런 방법밖에 모를까?' 싶었습니다. 마음이 완전히 단단해져서 만나게 되면, 다 이야기한 후 진심으로 용서를 구하면 받아주고 그분의 마음도 성장시켜 드리고 싶어졌습니다.

● 반려견 산책 시 마음가짐

살아있는 것만으로도 힘이 들 때는, 반려견을 위해 산책을 겨우 나가기는 했지만 반려견이 쉬지 않으려 할 때마다 너무 힘들었습니다. 그러나 지금은 힘들다며 오랫동안 쉬는 강아지를 보면 오히려 '이제 그만 쉬고 다시 가자!'라고 말하는 저를 발견하곤 합니다.

무기력이 극심할 때는 타인의 속도에 끌려가기만 합니다. 하지만 이제는 반려견에게 먼저 나아가자고 제안할 수 있는 에너지를 되찾은 것이죠.

● 목소리와 필체

흥미로운 성취감으로 원데이 클래스를 하던 무렵 보컬 트레이닝을 간 적이 있습니다. 노래를 '잘하고 말고'를 떠나 목소리가 작고 힘이 없다는 말을 들었는데 지금의 저는 그렇지 않습니다. 발표 공포증 또한 매뉴얼의 방법으로 극복하고 나자 더욱 과거대비 목소리에 힘이 실리지 않았나 싶습니다.

필체 또한, 이 책의 1장을 쓰던 3년 전만 해도 개미같이 작았다면, 이제는 한 줄을 가득 채우는 비교적 시원한 크기로 쓰는 것을 발견하곤 얼마나 반가웠는지 모르겠습니다.

우울은 때로 우리의 근육과 감각마저 위축시킵니다. 그래서 작았던 필체가 한 줄을 가득 채울 만큼 커진 것은, 저에게 단순한 변화가 아니라 제 안의 생명력이 다시 깨어났다는 가장 가시적인 신호였습니다.

● 컴플렉스와 꾸미기

다이어트를 했음에도 아직 하체는 날씬한 편이 아니고 부정교합으로 인해 웃을 때 흔히 말하는 예쁜 모습은 아닙니다. 얼굴에는 기미가 있고 입술 색이 옅어 보입니다.

예전 같으면 가리기 바쁠 이 모든 것들을 의도적으로 드러내 보이는 날도 있고 본의 아니게 보이게 되어도 '에이, 아무도 신경 안 써.'라는 생각을 종종 하게 되었습니다.

또한 과거에는, 부족한 내면을 들키기 싫었던 것인지 그렇게 옷을 샀고, 손톱에 아무것도 없거나 귀걸이를 하지 않으면 왠지 모르게 부끄러운 느낌도 있었습니다. 물론 지금도 예쁜 옷과 액세서리로 꾸미고 나가는 것을 좋아하지만, 그렇지 않은 날 역시 편하게 다니는 것도 좋아하게 되었습니다.

저니까 한 것이 아니라 저 같은 사람도 할 수 있음을 보여드리는 것입니다. 음식점에서조차 신메뉴에 도전하면 실패할 것 같아 늘 하나만 먹던 제가, 자기혐오가 가득했던 제가, 이끌기보다 따르는 것이 편했던 제가 이렇게 변한 것입니다.

2) 주의 및 참고사항

● 치료 관련 사항

'국가정신건강정보포털> 자가검진> 질환별 정보'를 통해, 우리는 정신질환 종류부터가 많고 각 질환의 원인과 증상 또한 다양하다는 것을 확인할 수 있습니다.

국가정신건강정보포털
> 질환별 정보

　게다가 이 질환들은 복합적인 원인으로 발생하기도 하고 같은 원인에도 사람마다 치료법이 상이하기도 합니다. 따라서 **경우에 따라 정신과 약물 치료 혹은 심리센터 인지치료는 굉장히 중요**할 수 있습니다.

　저는 어릴 때부터 장이 약했는데요. 장 건강이 우울증과 관계가 있다는 것은 이미 밝혀진 사실이죠? 건강식과 유산균을 챙겨 먹고 운동한 덕에 장도 건강해지고 우울감도 사라지는 효과를 본 것일 수도 있다고 생각합니다. 물론 다른 많은 방법이 저에겐 함께 했지만 어쨌든 이로 인해 복합원인의 일부가 개선된 셈이었던 것입니다.

이처럼 저와 같이 정신과적 치료가 절대적이지 않은 경우 이 책에 적힌 내용만으로 충분할 수도 있습니다. 현재, 제가 속해 있었던 멘탈케어 어플에서 상담가로 활동 중인 동료 중에도 저처럼 셀프 케어로 극복을 하신 분이 있습니다.

반면, 약물을 10년 이상 복용하고 계시는 분도 있는데요. 다만, 이는 혼자 판단할 수 있는 것이 아니기 때문에 자신의 상태를 확신할 수 없을 때는 꼭 병원을 가야 한다고 말씀드리고자 합니다. 인식이 많이 좋아졌다고는 하지만 여전히 정신과나 심리센터에 대한 거부감이 높기 때문에 본문에서 강조하지 않았을 뿐입니다.

실례로 최근 우울 관련 모임에서 자신이 무기력하고 알코올에 의지하기는 하는데 병원에 과연 가야 하는지는 모르겠다며 고민하는 분을 본 적이 있었습니다.

며칠간 아무 문제 없이 대화했지만 어느 날 갑자기 맥락에 전혀 맞지 않는 말들을 1시간 동안 하시더니 이내 상담방을 나가버린 분을 본 적이 있습니다.

모임에 나오시는 것 자체가 힘겨워 보여, '정신과 방문을 고민하고 있다.'라는 말씀에도 차마 가보시라는 말을 하지 못했던 것이 후회스럽습니다. '모임에 나올 게 아니라 치료받고 약이나 먹었어야지!'라는 의미가 아닙니다. 일단 당장의 심각한 증상은 치료를 받아가면서 모임에도 나오고 셀프 케어 법도 병행하였다면 좋았을 것이라는 의미입니다.

● 하찮은 성취감으로 시작,
   감당할 수 있는 최선만 다하자.

빠르게 극복하고 싶은 마음에 **처음부터 버거운 미션을 스스로에게 내리거나,** 하찮은 성취감 미션들이 말 그대로 **하찮아 보여 무시하고 시작하지 않는 경우가 없었으면** 하는 마음에 주의 사항에 넣게 되었습니다.

저서 '작은 습관의 힘', '스몰스텝'에 대해 다룬 책들을 보거나 들은 적이 있다면 잘 아시겠지만, 제가 주장하는 '하찮은 성취감'은 정말 중요합니다. 물론 이는 제가 그 책들을 알기 전에 체감한 내용이고 또한 그래서 전부 똑같은 이야기를 제가 하고 있지는 않습니다만, 중심 메시지는 같겠죠. 결코 저 혼자만의 주장이 아니라 증명되어 있다는 것을 알려드립니다.

특히 무기력한 경우 정말 당장 할 수 있는 아주 작고 하찮은 것을 하는 것은 너무도 소중한 시작입니다. 그렇게 시작해서 나를 갉아먹지 않는, **내가 감당할 수 있는 최선만** 다하면 됩니다. 그제서야 결과를, 아니

그때는 원했던 것 이상의 무언가를 더 얻으실지도 모릅니다.

　참고로 저는 우울증 극복뿐 아니라 이 글 또한 그렇게 시작했습니다. 블로그의 짧은 메모에서 시작해 단편 소설과 심리 공부 기록을 거쳐, 온라인 연재를 지나 드디어 이 책이 당신의 손에 쥐어지기까지. 이 모든 과정이 저에게는 '하찮은 성취감'이 쌓여 일궈낸 기적 같은 여정이었습니다.

　처음부터 에세이와 비법서로 방대한 분량의 완벽한 책을 내어 정식 출간을 하려했다면, 혹은 작게 시작했다 한들 버거운 기준으로 나를 채찍질하며 해왔다면 분명 저는 포기했을 것입니다.

● 모든 성취감은 결과일 때 찾아온다. 일단 시작하고, 해내지 말고 그냥 해가자.

하찮은 성취감을 얻고 싶어서, 하라는 대로 한참 해도 흥미가 안 생긴다면? 사실 그것은 어쩌면 당연한 결과일지도 모릅니다. 번아웃일 때 '이렇게 쉬어도 되는 건가? 언제까지 쉬어야 하나?'하는 것과 똑같다고 보시면 됩니다.

성취감이 목적이 되어 무언가를 하게 되면 아이러니하게도 그것은 얻으실 수 없습니다. 그냥 하셔야 합니다. 하고 있는 나는 이미 멋진 것입니다.

성취감은 결과입니다. 목적이 아닌 결과로써 찾아옵니다. 잊지 마세요. 그냥 시작하고 시도하고 해가는 것이야말로 알아서 성취감이 쌓이게 합니다. 그리고 그것이 바로 두 번의 퀀텀점프 구간으로 나를 데려다줍니다.

● 성장하는 성취감에서는
다양한 시도를 해보는 것도 좋다.

이 단계에서는 마음이 단단해진 상태이므로 여러 유형을 시도해 보는 것도 좋습니다. 설렘은 성장에 있어 굉장한 도움이 됩니다.

물론 하찮은 성취감과 흥미로운 성취감 단계에서도 다양한 시도를 해보아도 좋습니다. 해보고 아니다 싶으면 바꾸어도 좋습니다. 처음에는 나의 흥미 대상이 아닌 것 같지만, 내가 견딜 수 있는 수준으로 더 해보다가 의외의 흥미나 재능을 발견하는 경우도 있으니 그 역시 괜찮습니다.

하는 것 자체가 이미 대단한데 원치 않는 것을 해보며 스트레스를 받으면 안 되기에, 성장 이전 단계에는 적극 권장하지 않을 뿐입니다.

● 무엇이든 일단 해보세요.

저 역시 인문학과는 거리가 먼 이과생, 공대생이었고 독서와 글쓰기는 멀다고만 생각했던 사람입니다. 잘하는 건 모르겠으나 지금 제 취미 중 하나가 된 글쓰기가 그저 신기합니다. 아마도 예전에는 친구와의 대화로 감정배설을 했는데 그게 글로 옮겨간 것이 아닌가 싶은데요. 시도조차 해보지 않았다면 취미도 되지 못했을 것이고 이 책 또한 탄생하지 않았을 것입니다.

● 때에 따라 상위욕구 선행 or 병행으로 더 효과를 보기도 한다.

본문에서 언급되었던 사항이지만 다시 정리하자면, 하위욕구가 꼭 100%가 아니어도 든든히 버틸 수 있는 수준으로 만족되어 있으면 자존감 관리나 비전 찾기를 먼저 하여 자연스럽게 채우는 것도 좋다는 것을 알려드립니다.

제가 만약 친구와의 곪은 상처를 다 치료하고 상위 욕구를 채우려 기다렸다면 좀 더 빠른 성장을 할 수 있었던 기회를 놓쳤을지도 모른다는 생각을 종종 합니다.

단, 이 얘기에 솔깃하여 예를 들어 하찮은 성취감이 필요한 단계에 있어야 하는데 비전만을 찾아다니고 상처는 뒷전으로 하는 일은 결코 없으시기를 간절히 바랍니다.

● 짐을 내려놓는 것이 꼭 포기는 아니다.

각 단계를 진행할 때의 기준은 사실 자기 자신이 가장 잘 아는 것은 맞습니다. 그러나 타인보다 본인이 가장 잘 아는 것이지 그것이 늘 꼭 정답일 수는 없죠. 그래서 하찮은 성취감을 하던 중 흥미가 생겨 흥미로운 성취감으로 넘어갔는데 의외로 그것이 버겁다면, 다시 하찮은 성취감으로 돌아와 더 쌓고 가서도 괜찮습니다.

본문의 번아웃 이야기에서도 언급되었죠? 짐을 내려
놓는 것이 곧 포기는 아닙니다. 짐으로 느껴지지 않을
때 다시 들면 됩니다.

2장

인생 대부분의 키가 된
클레임 처리 경험

인생 대부분의 키가 된

◇

　1장을 만들고 일상생활을 하며, 당연하게도 저는 또 다른 문제들을 경험하게 되었습니다. 초반에는 매뉴얼이 그런 부분에도 또 적용될 거라 생각했고 실제로 도움을 받는 듯했으나, 저도 사람인지라 언젠가부터는 잊고 지낸 것도 사실입니다. 그런데 어느 날 문득, 과거와 같은 '무기력'을 겪는 기간이 거의 사라진 것을 깨닫고 제 삶을 돌아보니, '우울증'이나 '번아웃 증후군' 외 삶 전반에서 마음 품질관리 매뉴얼이 자연스럽게 적용되고 있었음을 알아차렸습니다.

　알게 된 순간 바로 펜을 잡았지만, 핑계를 대자면 '자아실현'의 욕구 충족을 위해 눈코 뜰 새 없이 바쁜 나날을 보내며 1년이 지나서야 머릿속에 정리해 두었던 내용을 적어 내려가기 시작했습니다. 1장의 초안을 쓴 지 거의 3년 만의 일이었죠.

그래서 '발표공포증'을 어떻게 '클레임 처리 매뉴얼'의 과정으로 좋아지게 만들었는지 정리를 해보았습니다.

<표4. 발표공포증 클레임 처리 매뉴얼화>

순서	내용
클레임 발생	사람들 앞에서 준비된 내용을 발표해야 하는 경우 너무 걱정되고 괴로움
현상파악	심장 두근거림, 목소리 떨림, 얼굴이 붉어지고 뜨거워짐, 하려던 말을 잊어버림
직접적인 원인 분석	사회불안장애(발표공포증)
개선활동1	정신과에서 약물을 처방받아 발표 30분 전에 복용
간접적인 원인 분석	번아웃에서 우울증으로 발전되던 시기, 직장 상사가 옳고 그름과 상관없이 내가 어떤 말을 해도 비난하면서 판단의 대상이 된 상태에서 말하는 것 자체가 공포가 됨
개선활동2	약물 복용 상태로, 수용해 줄 것 같은 소수의 대상들에게 발표공포증이 있음을 알리고 준비한 내용을 발표하는 과정 반복

근본 원인 분석	높은 타인 민감성, 내 생각이나 견해에 대한 자신감 부족, 낮은 자존감
재발 방지 대책 마련	앞선 몇 번의 연습 후 어느 순간부터는 약물 미복용 상태로, 이런 나를 수용해 줄 것 같은 소수의 대상들에게 발표 공포증이 있음을 알리고 준비한 내용을 발표연습. 과하게 떨릴 경우 다음 회차에는 약물을 다시 복용하되 최선을 다해 준비해서 성취감을 느껴보도록 함. 이후 다시 약물 없이 최선의 준비상태로 발표해 보고 대상자의 수도 점차 늘려가면서 반복 경험. 키워드 중심의 큐시트 준비.
불만처리 보고서 작성 및 종료 처리	스피치 수업에서 나의 장점으로 언급되었던 스토리텔링, 적절한 유머와 제스처에 집중.
분석 및 관리 지표 설정	내 생각보다 타인은 내가 떨고 있음을 인지하지 못하고 있다는 사실에 집중하여 보다 자신감 갖기.

‘수치심’ 역시 그 과정을 표로 만들어 보려 했는데, 이는 한 차례의 단계가 필요하다는 걸 깨달았습니다. 저는 이를 심리적 코딩 혹은 심리적 번역이라고 부르는데요. 컴퓨터에게 사람의 언어를 알아듣게 하기 위한 과정처럼 심리적으로 이해할 수 있게 한 단계를 넣은 후 정리해 보았습니다.

<표5. 수치심 클레임 처리 매뉴얼화>

순서	심리적 번역	내용
클레임 발생	일상이나 업무에서 느끼는 불편함	명명할 수 없는 어떤 특정 상황에서 불쾌함을 느낌
현상 파악	감정 인지	불쾌함. 기분 나쁨
직접적인 원인 분석	감정을 유발하는 상황, 사건 파악	사회자의 물음에 답변을 하였으나, 내 답변에 대한 어떠한 피드백(정리, 재질문, '네'라는 대답조차도) 없이 고개를 휙 돌려 다른 사람에게 마이크를 넘겨버렸던 당시 상황을 짚어보니 내 답변이 사회자가 질문한 포인트에서 다소 벗어났던 것으로 추측됨
개선 활동1	감정 세분화	불쾌함 -> 짜증 혹은 분노 -> '무시당한다'는 느낌

간접적인 원인 분석	욕구파악,마음 챙김	나는 남들 앞에서 바보 같고 대화가 통하지 않는 사람이 되고 싶지 않았구나
개선 활동2	자기수용	그럴 수 있지! 바보가 되기 싫을 수 있어! 이건 그저 내 경험의 일부야.
근본 원인 분석	자동적 사고 또는 비합리적 신념	나는 늘 완벽하고 멋지고 매력적인 사람이고 싶다
재발방지 대책 마련	셀프 인지 정서 행동 치료(REBT: ABCDEF 모델)	질문에 답했지만 어떠한 대응도 없이 다른 사람과 이야기하는 진행자를 보았다. -> 사람들이 나를 부정하고 무시하는 것 같다. -> 나는 완벽하지 못해서 사랑과 존중을 받지 못하는 무가치한 사람이다. -> 이 세상에 완벽한 사람은 없다. 완벽하지 않아도 매력적이고 사랑스러운 사람은 많다. - >오히려 부족한 모습이 사랑스럽기도 하고 나 역시 그럴 수 있다. -> 완벽해야만 사랑받을 수 있다는 생각 대신 나의 장점과 강점에 집중하고 부족한 부분은 개선할 수 있는 기회로만 삼아야겠다.

이렇게 한 단계를 거치고 나니 정말 인생 전반에서 제가 어떻게 하고 있는지, 그리고 저를 만나는 수강생 분들이나 내담자에게 제가 전하고 있는 메시지가 무엇인지가 정리가 되더군요. 그래서 2장에서는 그 이야기를 좀 더 나누어 보려고 합니다.

1.
자존감의 의미

앞 장에서는 '자신감이 있다는 말은 실패할 리가 없다고 하는 것이고 자존감이 높은 것은 실패해도 괜찮다고 느낀다'라는 다소 추상적이고 짧은 글로만 표현했는데요. 최근 우연히 보게 된 어떤 영상에서 제대로 된 의미를 알 수 있었습니다. 높은 자존감이란, '나는 이러한 부족한 점이 있어. 하지만 좋은 점들도 이렇게 많지.'라며 나의 (소위 말하는) 단점을 있는 그대로 수용하되, 좋은 점들도 있으니 그대로 존중해주는 것이라는 의미였습니다.

이를 잘 모르고 있을 때에는 나의 어떤 모습도 모두 다 존중하고 괜찮다고 다독이면 된다고 생각하고 있었고, 그 또한 어느 정도 효과가 있는 듯했습니다. 어느 순간 정신을 차려보니 더 이상 무기력한 느낌을 느끼지 않는 날이 늘어났고, 간혹 느끼더라도 회복탄력성이 굉장히 좋아져서 수 분에서 수 시간 내에 금세 좋아져 있는 저를 알아차리고 놀랐던 기억도 있습니다. 심지어 그래서 내가 실제로는 괜찮은 것이 아닌데 회피하고 있지는 않은 것인지 의심하기도 했습니다. 그런데 이는 내 모든 것을 존중하려고 이성이 애쓰며 얻었던 결론이라는 생각이 드는 때가 왔습니다.

그때의 저는, '나는 크게 원치 않지만 나를 필요로 하는 곳'에도 자주 가야만 했던 시기였습니다. 원하는 심리나 소통 강의를 할 때와는 달리, 배타적이고 다소 고압적으로도 보이는 수강자분들의 태도를 보며 강의하는 것은, 저에게는 정서적 교류를 하는 것도, 인정욕구를 채우는 것도, 저의 치유가 전달되어 행복해하는 모습을 보는 것도, 그 어느 것 하나 잘 채워지는 느낌이 없었습니다. 자아실현이 잘되지 않고 더불어 심리적 안정에도 위협받는 느낌이 반복되자 저는 점차 자존감이 다시 저하되는 느낌을 받게 되었습니다. 그래서 당시의 저는 나의 못난 모습도 괜찮다고 애써 위로하고 개선하는 방법을 찾았던 것입니다.

물론 그렇기에 당장은 괜찮은 것 같았고 문제 해결의 관점이 습관이 되어 좋아지고 있었던 것도 사실입니다. 하지만 이러한 환경에 오래 머물며 애써 위로하는 것은 한계가 있었습니다. 부족한 제 모습을 '그럴 수도 있지'라며 억지로 포장하던 것은 진정한 수용이 아니라, 유통기한이 짧은 위로인 '합리화'에 불과했습니다. 합리화라는 일시적 안위에 기대어 있던 저는, 그 일시적 의존처가 점차 깨지면서 기댈 곳이 없어졌던 것입니다.

2.
인식, 알아차림,
마음 챙김, 자기수용

사전적 정의를 찾아보면 이 단어들의 의미를 알 것 같지만 막상 삶에 적용하려니 쉽지 않았을 때가 있었습니다. 하지만 수 시간이 지나고 이제는 이렇게 비유 혹은 추상적으로 표현하곤 합니다.

'밀려오는 **감정**을 있는 그대로 '**인식**'하고, 그 이면의 **욕구를** '**알아차리며**' 어떤 판단도 더하지 않은 채 지금의 **마음을** '**챙기고**', 마침내 그 모든 상태가 나임을 인정하며 '**수용**'하는 것'

이 과정이 될 때까지 각 단어가 어떤 차이인지 잘 모르고 행하기도 했고, 머리로는 아는데 마음이 받아들이지 못하던 때도 있었습니다. 그래서 저의 마음대로 한 번 더 정리가 필요했고 또 이렇게도 표현하게 되자 비로소 제 마음은 물론 내담자들에게도 효과적으로 다가갈 수 있게 되었습니다. 그리고 그 과정에서 비합리적인 신념이 있다면 이를 합리적으로 변화시키고 지금-여기에서 할 수 있는 것에 집중하는 연습을 하면서 진정한 자존감의 향상을 경험하고 또 제공하고 있습니다.

그러나, 아마 아직 이 설명으로도 많이 부족할 것입니다. 이를 나름대로 체계화하고 처음으로 적용했던 '성인애착' 문제에 대한 제 경험으로 1장의 '마음 품질 관리 매뉴얼' 절차처럼 설명해 보겠습니다.

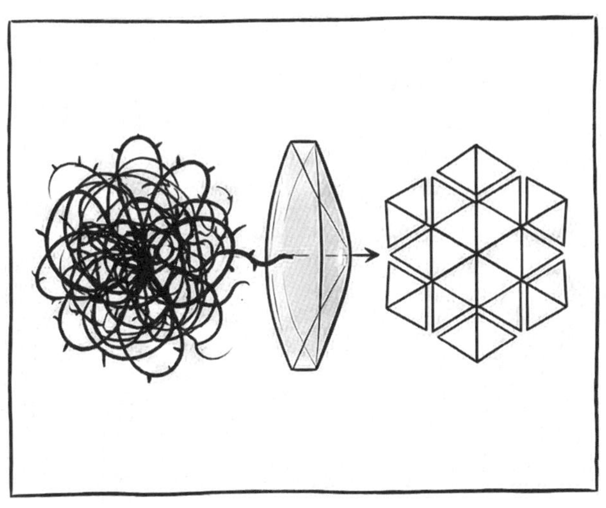

클레임 발생 - 현상파악 - 직/간접 원인 분석 - 개선활동 - 근본 원인 분석 - 재발 방지 대책 마련 - 불만처리 보고서 작성 및 종료 처리 - 분석 및 관리 지표 설정

▼ 심리적 번역 후 ▼

문제 발생 - 감정 인지 - 상황/사건 파악 - 감정 세분화 - 욕구파악, 마음 챙김 - 자기수용 - 자동적 사고 또는 비합리적인 사고 - 셀프 인지 정서 행동 치료(REBT: ABCDEF 모델) - 단계별 실패연습 - 성장 가시화

1) 문제 발생에 따른 감정 인지

문제 발생 - 감정 인지 - 상황/사건 파악 - 감정 세분화 - 욕구파악,
마음 챙김 - 자기수용 - 자동적 사고 또는 비합리적인 사고 - 셀프
인지 정서 행동 치료(REBT: ABCDEF 모델) - 단계별 실패연습 - 성
장 가시화

어느 날, 저의 인간관계 패턴을 잘 생각해 보니 유사
한 형태의 불편함을 제가 느끼고 있다는 것을 알았습
니다. 이성뿐 아니라 가족, 친구, 업무적 동료 등 인간
관계 전반에서 교류 시 반복되는 패턴이 있었던 것이
죠. 바로 '거절당하는 기분, 나를 밀어내는 기분'이 들
때가 있다는 것이었습니다.

그래서 이러한 감정을 유발한 가장 가까운 상황을 떠
올려 보았더니 이러했습니다. 우울증에서 회복된 이후
오랜만에 정서적 교류를 하게 된 지인이, 평소 저에게
따뜻하게 대해주던 태도를 다소 달리하며 (제 기준으
로는) 차가워진 느낌이었고, 교류도 적어진 상태였던
때가 있었습니다. 그리고 그런 상황에서 그 지인이 타

인에게는 이전에 저에게 하던 그러한 따스함을 보여 주는 것을 보았을 때, 제가 그러한 감정을 느끼고 있다는 것을 알게 된 것입니다.

2) 감정욕구와 마음챙김

문제 발생 - 감정 인지 - 상황/사건 파악 - 감정 세분화 - 욕구파악, 마음 챙김 - 자기수용 - 자동적 사고 또는 비합리적인 사고 - 셀프 인지 정서 행동 치료(REBT: ABCDEF 모델) - 단계별 실패연습 - 성장 가시화

'거절당하는 기분, 나를 밀어내는 기분'에 대해 더 자세하게 알아보고 싶었습니다. 어떠한 이유 때문이고 그래서 어떤 감정이 드는지 차분히 생각해 보자 이러한 답이 나오더군요.

'불안하다. 두렵다.'

그럼 이런 기분은 도대체 왜 생기는 것인지 자문하자, '버림받을까 봐 두렵고 불안하다.'라는 답을 스스

로 하고 있었습니다. 즉, 저의 욕구는 '버림받고 싶지 않다.'였고, 이에 대해 마치 타인이 된 것처럼 '그러한 감정을 느끼는 나의 마음'을 챙겨주는 시간을 가져 보았습니다.

'버림받고 싶지 않았구나. 계속 따스함을 느끼고 싶었고 나를 가장 우선적이고 거의 유일하게 대해주었으면 했구나.'

저는 지인의 태도가 달라진 것이 저와의 정서적 교류를 멈추겠다는 의미의 행동인 것이라고 해석하였고, 어렵게 문을 연 정서적 교류의 창구가 닫힐지도 모른다는 공포, 즉, '버림받을지도 모른다'는 뿌리 깊은 불안이 수면위로 올라왔던 것입니다. 그래서 그런 불편한 감정을 느끼고 싶지 않아 괴로웠던 것이죠.

3) 자기수용

문제 발생 - 감정 인지 - 상황/사건 파악 - 감정 세분화 - 욕구파악, 마음 챙김 -자기수용- 자동적 사고 또는 비합리적인 사고 - 셀프 인지 정서 행동 치료(REBT: ABCDEF 모델) - 단계별 실패연습 - 성장 가시화

'버림받을까 봐 두렵다고? 정말 한심하다. 네가 그러니까 버림받는 거야.'

'버림받을까 봐 두렵다고? 그런 생각은 금물이야. 어서 긍정적인 생각을 해 봐!'

아마 과거의 저였으면 자연스럽게 혹은 애쓰며 이렇게 생각했을 것입니다. 제 생각을 판단하는 것이죠. 그러나 이번엔 달랐습니다.

'아유. 두려웠구나. 불안했구나. 그래.'

'나는 너무 두려웠던 거구나.'

그저 이렇게 그 마음을 긍정도 부정도 하지 않고 충분히 읽고 챙겨주었고 그러자 오히려 마음이 아주 조금 나아진 것 같은 기분도 들었습니다. 마치 친구에게

힘든 일을 털어놓았을 때 해결된 것이 하나도 없으면
서도 한결 마음이 가벼워지는 것에 가까운 느낌이었
습니다.

4) 셀프인지치료 연습

문제 발생 - 감정 인지 - 상황/사건 파악 - 감정 세분화 - 욕구파악,
마음 챙김 - 자기수용 - 자동적 사고 또는 비합리적인 사고 - 셀프
인지 정서 행동 치료(REBT: ABCDEF 모델) - 단계별 실패연습 - 성
장 가시화

  불안과 두려움이 조금 누그러지고 나자, 그제서야 저
는 저를 제 삼자화하여 보는 게 비교적 쉬워졌습니다.
그래서 저의 자동적 혹은 비합리적인 사고가 무엇인
지 알아보았죠.

  혹시 추측하셨나요? 네, 그렇습니다. 저는 정서적 교
류가 적어졌을 때 곧바로 '나는 버림받을 것이다.'라는
생각을 한 것입니다. 그리고 '사랑받고 싶다. 인정받고
싶다. 깊게 교류하고 싶다.'라는 욕구가 늘 자리 잡고

있었다는 것을 다시 한번 인지할 수 있었습니다.

　그렇다면 나는 이 비합리적인 생각이 어떻게 합리적인 생각으로 자동화될 수 있을지 고민하며 셀프 인지 치료 방식을 적용해 보았습니다.

구분		적용
A	선행사건	평소의 따스함과 다르게 차갑거나 교류가 적어진 상태에서 타인에게는 이전에 나에게 하던 그 따스함을 보여주는 상대방을 보았다.
B	비합리적 사고	나를 곧 떠날 것 같고 이제 나는 버려질 것 같다. 나에게 예전처럼 따스함을 보이지 않아서 불안하다. 그래, 나는 역시 사랑받지 못할 사람이다.
C	부적절한 정서적/행동적 결과	상처받기 싫어서 상대방과의 교류를 회피하게 된다.
D	논박하기	상대방이 나에게 따스함을 보여주지 않는 것이 반드시 그들이 나를 떠나거나, 나를 사랑하지 않는다는 것을 의미하지 않는다. 상대방의 행동이 나와의 관계에 대한 것을 반드시 반영하는 것은 아니며, 그들의 개인적 사정일 수도 있다.

| E | 합리적인 사고 | 상대의 언행 변화를 부정적으로 보는 것은 나의 오해일 수 있고 사실이라 하더라도 나의 가치와 직결되지 않을 수도 있다. 즉, 나는 사랑받을 가치가 있는 사람이고 타인을 믿어볼 수 있다. |
| F | 새로운 감정과 행동 | 상대방에게 서운할 때, 나의 감정을 솔직하게 표현해 보거나, 따스함을 요청해 보는 등의 행동을 취해보자. |

물론 이 과정을 한 번 거쳤다고 해도 단번에 생각이나 행동이 바뀌기는 어렵습니다. 그렇다면 어떻게 하면 좋을까요? 반복해서 연습을 한다? 이것 또한 맞지만 틀립니다.

동네 뒷산을 오르기도 힘들어하는 사람이 한라산 정상에 가보기로 마음먹었다고 해서 단숨에 오를 수는 없습니다. 그러니 작은 산부터 차근차근 연습을 해야 하죠. 이는 마음과 행동도 마찬가지입니다. 아니, 마음은 우리 눈에 보이는 것이 아니니 더욱더 차근차근 연습하는 것이 필요하고, 때론 좋아지지 않는 것 같거나 퇴보하는 느낌이 들기도 할 것입니다. 저의 경우 잘못된 방식으로 시도하다가 실제로 퇴보한 경우도 있었습니다.

이 이야기는 다음 단계에서 들려드리죠.

[ABCDEF]를 실습해보는 시간입니다.

셀프 인지치료 실습

ABCDEF 이론

문서번호 : LCR-2022-002

결제	작성	검토	승인
	본인	무의식	미래의나

" 마음에 찾아 온 클레임은 고장 신호가 아니라, 시스템을 업그레이드할 기회입니다.
비합리적인 설계 오류를 찾아 새로운 표준을 수립하세요."

1. 현상 파악	
[A] 선행 사건	내 기분을 상하게 하거나 불안하게 만든 구체적인 사건은 무엇인가요? (ex. 지인이 인사를 무시하고 지나갔다.)
[B] 비합리적 생각	그 사건을 겪는 순간, 머릿속에 즉각적으로 떠오른 '자동적 사고'는 무엇인가요? (ex. 나를 무시하는 게 분명해. / 내가 뭔가 잘못했나?)
[C] 정서적/행동적 결과	그 생각 때문에 어떤 기분이 들고, 어떤 행동을 했나요? (ex. 종일 우울하고 위축됨. 먼저 연락하지 않기로 다짐함.)

2. 개선 활동	
[D] 논박하기	그 생각이 정말 '객관적 사실'인가요? 내가 놓친 다른 가능성은 무엇인가요? (ex. 상대가 눈이 나쁠 수도 있고, 아주 급한 일이 있었을 수도 있다.)
[E] 합리적 생각 / 새로운 관점	논박을 통해 도달한, 보다 유연하고 건강한 '새로운 표준'은 무엇인가요? (ex. 상대의 행동이 내 가치를 결정하지 않는다. 그냥 운이 좋지 않았을 뿐이다.)
[F] 새로운 감정과 행동 / 변화	새로운 관점을 적용한 후 기분은 어떠하며, 앞으로 어떤 대응을 하고 싶나요? (ex. 마음이 한결 가벼워짐. 다음에 밝게 인사하며 물어봐야겠다.)

■ 실습을 통해 발견한 내 마음의 강점이나 느낀 점 기록

5) 단계별 실패연습

문제 발생 - 감정 인지 - 상황/사건 파악 - 감정 세분화 - 욕구파악, 마음 챙김 - 자기수용 - 자동적 사고 또는 비합리적인 사고 - 셀프 인지 정서 행동 치료(REBT: ABCDEF 모델) - 단계별 실패연습 - 성장 가시화

　이제 어떠한 비합리적인 사고를 자동으로 하고 있는지 알았고 스스로 논박하며 새롭게 대응하고자 하는 마음이 생겼던 저는, 이를 시도해 볼 필요성을 느꼈습니다. 그런데 이때, 잘못된 판단을 해버리고 만 것이죠. 제가 그러한 시도를 해볼 상대방의 정서심리적 상태가 매우 건강할 것이라고 오판하고 멋대로 시도해버린 것이 퇴보를 경험하게 하는 시작이었습니다.

　앞서 말씀드린 예시로 설명하자면, 동네 뒷산을 오르기도 힘들어했던 한 사람이 있는데, 연습을 하기 위해 '초보도 오르기 좋게 만들어져 있다는 산'을 알게 됩니다. 그래서 무조건 믿고 등산 연습을 하러 간 것이라고 보면 되는데요.

아무리 완만한 산이라도 폭설로 얼어붙거나 공사 중이라면 초보자에게는 험산보다 위험할 수 있습니다. 상황과 환경을 고려하지 않은 무모한 시도는 성장이 아닌 부상을 남깁니다. 그렇게 되면 '나는 왜 이런 산도 못 오르는 걸까? 역시 나는 안 되는구나.'라며 한심해하고 자책할 수도 있을 것입니다.

이처럼 환경이나 대상의 상태 혹은 상황을 고려하지 않고 무조건 시도할 경우 실패할 가능성이 높고 그 실패를 내가 감당하기 어렵다면, 우리의 성장을 위한 시도가 나에게 오히려 퇴보를 가져올 수도 있습니다.

자, 그렇다면 시도를 하지 말라는 걸까요? 물론 아니겠죠. 그럼 대체 어떻게 언제 하라는 말일까요?

다시 산으로 비유하자면, 초보자에게 좋은 등산 코스를 연습 대상으로 삼되, 그 상황이 지금 도움이 되는 것이 맞는지 잘 살펴보고 또한 그렇지 않은 상황이더라도 내가 어디까지 감당이 가능한지, 당장은 감당하지 못할 것 같아도 금방 회복이 가능한 수준인지를 보고 가야 한다는 것입니다. 그게 바로 **단계별 실패 연습**인 것이죠. 자전거를 잘 타기 위해 넘어지는 연습이 필요하되, 팔다리가 부러지기 쉬운 코스와 환경에서 무조건 적으로 시도해서는 안되는 것처럼 말입니다.

그리고 여기서는 또 하나 주의할 점이 있습니다. 성취감을 이야기했을 때와 마찬가지로 나의 성장이 더디거나 조금은 퇴보했다가 성장하기 때문에, 실패 연습으로 **성장 중인 나의 마음근육이 즉시 느껴지지 않아서 포기하기 쉽다는 점이 바로 주의할 점입니다.** 나를 힘들게 하는 산은 한라산이니 그것만 아니면 된다면서 관악산을 첫 연습 대상으로 설정하여 힘들어하거나, 해발 200m 산으로 시작해서 3개월 뒤 300m를 오르는 게 쉬워지는 성장을 했음에도 한라산만 보며 나의 등산 실력은 늘지 않았다고 생각하다 포기하기도 하는 상황을 예로 들 수 있겠습니다.

다시 정리하자면, 당장 할 수 있는, 그리고 실패해도 감당 가능한 것부터 해보며 실패가 별거 아니라는 생각을 하면서 성장해야 하고, 그 전에 성취감으로 마음의 기초 근육을 키워 놓고 해야 하므로 실패 연습은 이 단계에서 말하는 것이라는 것도 기억해 주시면 좋겠습니다. 치료되지 않은 팔로 고강도 근력운동을 하면 안 되듯이 말이죠.

6) 성장 가시화

문제 발생 - 감정 인지 - 상황/사건 파악 - 감정 세분화 - 욕구파악, 마음 챙김 - 자기수용 - 자동적 사고 또는 비합리적인 사고 - 셀프 인지 정서 행동 치료(REBT: ABCDEF 모델) - 단계별 실패연습 - 성장 가시화

'사람은 적응의 동물'이라는 말이 있습니다. 이 말은 심리 영역에서도 예외가 아니었습니다. 저는 실패연습을 통해 조금씩 성장해 갔고, 그 변화된 저의 모습에 점차 적응해 가고 있었습니다. 회복탄력성이 점차 좋아지고 있었죠. 그런데 이는 꼭 좋은 점으로만 작용하지 않

더군요.

어제의 나, 일주일 전의 나는 힘든 일이 있어도 잘 견디고 빨리 회복하는 사람이었는데, 어떤 큰 일을 겪자 다시 무너지는 기분이 들었습니다. 이틀, 사흘이 지나도 회복되지 않고 더 괴로워지기만 하더군요. 저는 이제 끝난 것만 같았습니다. 더는 예전처럼 회복되는 모습이 보이지 않았기 때문이었죠.

그러나 이는 심각한 오류였습니다. 제가 여기에서 말한 '예전'은 바로 어제, 일주일 전의 나였기 때문입니다. 1년 전, 2년 전, 우울증 초기의 저의 모습과 비교하면 엄청난 정서심리적 성장을 이루었음에도 그곳은 보지 못하고 가까운 나와 비교하며 퇴보했다며 자책하고 자괴감을 느끼고 있었던 것입니다.

깨달음을 얻은 뒤, 이 사실을 어떻게 하면 잊지 않고 스스로 상기시킬 수 있을지 고민했습니다. 결론은 바로 '가시화'였습니다. 저는 본래 타고나기를 부지런하거나 인내심이 강한 사람은 아닙니다. 그래서 매일 일기를 쓰는 식의 루틴이 유익하다는 건 알지만, 끝내 지키지 못할 것이라는 자기 불신이 컸습니다. 그렇기 때문에 성장했음을 스스로 느낄 때마다 이를 글로 남기기로 했습니다. 혹여 큰 좌절감을 느끼더라도 정말 성장하기로 했던 때에 비해 퇴보한 것인지를 알아보고 이 또한 글로 남겼고, 힘들 때 보면서 나의 성장을 자꾸만 스스로 인지하려고 했습니다.

꼭 긴 글이 아니어도 괜찮습니다. 거울을 보며 내가 나에게 건네는 말도 좋고, 한 줄의 글이어도 좋고, 그림이어도 좋습니다. 내 마음과 머리에만 머무르지 않고 표현되어 내가 보고 들을 수 있도록 남겨주는 것을 권장합니다.

3.
2장의 이야기를 마치며

사실 2장을 쓰고 있는 지금도 저의 환경은, '1장에서 언급했던 시기의 저였다면 고통스럽게 느낄 확률이 더 높은 상황'에 놓인 환경입니다. 하지만 마음근육이 많이 단련된 덕에, 그리고 어떤 일이든 결국 버티고 지나가는 경험을 한 덕에, 또 가끔은 그 시기를 계기로 전화위복이 되기까지 한 경험들 덕에 이 또한 좋은 방향으로 가는 길이지 않을까 싶은 생각을 하곤 합니다.

처음부터 긍정적이었거나, 이제는 전혀 힘들어하지 않는 것이 아닙니다. 여전히 부정적일 때도 있고 힘들 때도 있지만 대부분 긍정적인 마음가짐이 가능해졌고, 힘이 들 때는 매뉴얼의 일부 또는 전체를 자연스럽게 행하면서 이렇게 되었습니다. 그리고 저는 그렇기에 앞으로도 계속 치유와 성장이 필요한 사람이죠.

이 매뉴얼대로만 하면 100% 저와 같아진다고 모든 이들에게 말하고 싶지는 않습니다. 족집게 정답서는 아니지만 누군가에게는 알맞은 참고서가 될 수 있을 것이라 생각할 뿐입니다. 그저, 이 매뉴얼이 당신을 규정하는 틀이 아니라 당신이 다시 일어서기 위해 짚을 수 있는 튼튼한 지팡이가 될 수 있기를 바랄 뿐입니다.

언젠가는 당신만의 매뉴얼을 가질 수 있기를 기원하며…

하다하다 인생에도 클레임이 걸렸습니다

초판 1쇄 인쇄 2026년 03월 18일
초판 1쇄 발행 2026년 03월 18일

지은이   박혜림(그레이숲풀)

디자인   포레스트 웨일
펴낸이   포레스트 웨일
펴낸곳   포레스트 웨일
출판등록   제2021 - 000014 호
주소   충청남도 아산시 탕정면 용머리길 40 유니콘101 216호
전자우편   forestwhalepublish@naver.com

종이책   979-11-94741-99-2

작가님들과 함께 성장하는 출판사
포레스트 웨일입니다.
작가님들의 소중한 원고를 받고 있습니다.
forestwhalepublish@naver.com